U0938422

歲月號

胡燕青——著
黃啟江——攝影

匯智出版

目錄

某夜

某夜

九十多歲的李老太爺吃過晚飯，就坐在只有兩個位子的沙發上閉上了眼睛。兒媳洗碗、兒子和三十幾歲的孫兒去買水果和薯片啤酒時，他一直沒有動，似乎是睡着了。他們回來幾分鐘後，孫兒推他，命他往右面挪，他沒有反應，原來已經辭世了，沒有多大痛苦。李老太爺生於戊辰年，肖龍。他的人生說明生肖並沒有甚麼和真相聯繫的象徵意義。他的一生，比較像一條蚯蚓，而這張沙發，是他最後的泥洞。

他的兒子李先生今年六十五歲，是他唯一的孩子。李先生如今要為老父辦喪事了，他沒有悲痛，卻很煩惱，因為他不知該怎麼辦。他沒想到這時刻如此突然就來了。突然和快不一樣；快是爽利，突然卻叫人手足無措。老人的遺體像一個人看電視看得太累在閉目養神，但那沒有完全閉合的、近年變小了很多的眼睛翻起了睫毛線下的黏膜，在電燈光裏發出黏黏濕濕的光，沒有人敢說那不是淚。

兒媳是最後一代叫做阿珍的讀書人，平日她只用英文名字Jane。她知道要打電話叫救護車來把老人運去醫院，這才是正路。她也不傷心，卻有點緊張，以致染過的頭髮垂到額頭上，像是一種不由自主的致意。她心裏馬上生出了一串工作清單：例如房子的平面該如何重置，使她內頭生出一種趕快辦事的動力。

老人的孫兒今年三十七，個子很高，滿臉不散的暗瘡是他依然在家裏吃飯的最佳理由。他不喜歡接近爺爺，覺得老人身上有一陣陣難聞的氣味。救護車來了，救護員把老人的遺體當活人那樣抬走，把氧氣罩套在他口鼻上。李先生倉皇地回頭看一看妻兒，好像要告別的是他自己，就跟着救護員走了，並沒有說甚麼。家裏突然少了一半人，餘下的母子二人覺得要找點話說。李太太道：「阿爺終於等不及你結婚。」兒子回答：「我是不會結婚的。連同居都沒錢，幾時會散掉也不知。」當下他從冰箱拿出一個杧果來吃。「你猜去到英國有沒有杧果吃？咦，怎麼還未熟的？」

他母親皺眉一看：「杧果怎麼會放冰箱的呢？你阿爺說過你最好不要吃杧果，濕毒。」

「媽咪你不是說自己讀過大學的嗎？杧果是被屈的，它其實是水果界裏的優秀分子。早兩年已經和菠蘿一起平反了。……喂你知道嗎？阿爺前幾天對我說，他原是旗人，姓氏有四個字，他還屬龍。你信不信？」

「不信。他還跟我說來港後才改姓李，是因為姓李的也是王族——唐代的王族。簡直胡說八道。他就是姓胡說八道的。」

兒子把杧果隨手放桌子上，他母親抓起來放進米缸裏。兒子說：「你不信，可以問你老公。」說完又道：「我只知道我的護照上寫明我姓李，Lee，我去英國定居，也照樣姓李，英國人好像也有Lee一姓。」他説罷就坐在剛才老爺子坐過的沙發繼續撥弄他的電話。「阿爺有一陣味。王族住公屋？太好笑。」説完忽然驚恐地站起來。他記起那是剛剛躺過一個死人的。

「仔，坐這邊。」母親拉來塑料圓凳。

「媽你知道阿爺有遺產嗎？」兒子試探着問。

「如果真的是王族，該有點吧？你真沒本心！阿爺走了不夠半個鐘，你就問這個。其實不知道會不會翻生。」

「阿爺九十幾歲，是笑喪啦。我只不過效率高一點。我去他的床位看看。」二人緩緩走到一張雙層床的下鋪，打算翻開枕頭找。緩緩地走，是害怕中最後的尊重。又一陣酸餿的味道傳來，兒子打了個噴嚏。母親説，那個枕頭套也該扔了吧？不知多少日子沒洗過了。」

「不是你負責洗的嗎？」兒子驚奇地問。

「他不肯的。他自己用手洗。早上洗，臨睡就乾了。但很久才做一次。」

兒子腦袋極速閃過一個念頭。他飛快脱去枕頭套。脱下了，發現另外還有一個枕頭套。那是非常舊款的花枕套。他看看母親，又檢查一番。枕套上面粗糙地用衣車「繡」上了幾朵花。「嘩，『娘』到爆。」

母親趕來一看：「也頗美啊，只是舊了點。脱下來讓我看看還可不可用。」

兒子於是又脱下了那枕套。脱了，裏面還有第三個。那是繡了一對鴛鴦的。「幹甚麼嘛？包着些甚麼呢？」他拿來剪子就要剪下去，李太太趕忙一手按住，只用剪子的尖尖兒挑走了那些縫着枕袋的棉線。她有時可以很細緻。第三個枕袋拆開之後，是幾條老式毛巾摺好疊在一起。他的枕頭根本不是枕頭。

李先生回來了。看見他們母子在拆開枕袋，非常反感，就大聲罵他們不孝。

「哈，你敢說你自己孝順阿爺？」兒子冷笑道，又打了個噴嚏。李太太說：「去吃一顆抗敏藥吧。」

兒子卻不肯走開。

李先生說：「阿爸死了，醫生證實了。……怎麼樣？有沒有遺囑？」他用最小的動作把頭伸過來，一副不大在乎的樣子。

李太太翻開了那一疊毛巾，真的很大疊。她一片一片地打開來，最後發現了一個膠袋，裏面平放着一張紙。一家人親密地把頭顱聚攏在一起，看見上面寫着一家安老院的電話和地址。還有一句話：「我走後，要幫我繼續交院費。陳方珠，19 號床。」他們面面相覷，驚訝得說不出話來。

李太太忽然有發現似的，對丈夫說：「說不定你也有一個陳方珠呢！」夫婦一人一句就吵起來。兒子瞟了他們一眼，繼續翻動阿爺枕邊的東西。李先生掙脫了老婆的手，走過來指着他說：「不用找了，他的提款卡在我這裏，我試過很多密碼，都試不出來。」

兒子哼的一聲走開了：「不知是誰不孝。」

「辦喪事不用錢嗎？」李先生咆哮起來。兒子走向米缸，把杧果又挖了出來，動手去皮，卻要和未熟的杧果皮較勁。他對着這個「優秀」的水果吐出了一句粗口。

本來是夫婦吵架，如今變成父子冷戰。只聽見李太太說：「陳方珠到底是誰呢？我明天去看看。」父子兩人一同叫起來：「不要去！」李先生說：「你想養她一輩子嗎？」兒子說：「就是！千萬不要露臉。」他們的意見難得又一致了。

三人靜了下來。電視已經開始播放午夜一點重播的肥皂劇。兒子走回沙發，本能地想坐下去，又輕輕站了起來。窗外吹來一陣強風，簾子揮動，翻倒了櫃子上的一張家庭照。

洗腳

洗腳

也許因為母親的強力慫恿，也許因為他也認為自己必須具備這種文化經驗，鎧文答應陪母親去做足浴。母親本來一直叫他做家聲，那是他身份證上的名字，但如今連母親都叫他做Kevin了。下了的士，他隨着母親在深水埗的老街上走，全身的感覺都聚焦到腳板上。因為不久之後，就會有人捧起它不斷的搓揉，他有點期待，也有點毛骨悚然。

從英國大學的本科一直往上衝，第一時間拿到博士學位、累積了兩年教學經驗才回港，鎧文很快就找到了一家大學的教席。比較文化雖不是他的本行，但是他本科時修讀文學和哲學，加上他喜歡且自行發展的性別研究，還有他流利的英語、標準的普通話和超好的母語廣東話，使他在面試時表現得從容自在，職位可說唾手可得；母親見他回港工作，更是歡喜。七月，正值暑假，他對自己說，先享受一下也無妨，何況母親把足浴的功效說得那麼神奇呢？

紅姨的家在一幢爛得不能再爛的唐樓上。走上樓梯，鎧文看見每一道大門前都放着些塑料垃圾袋，蚊蟲若有若無的在上面飛，臭氣也若有若無地從手綁的膠袋縫中滲出。鎧文說：「媽，想不到你會到這種地方來。」母親答道：「阿紅在最上層，環境好一點。她手勢好，別處找不到。」鎧文說：「最上層也不過是七樓罷了。」但一直往上走時，那兒的光線也確實改善了，垃圾袋也沒有了，在頂層，門前甚至放了一盆青草。母親說：那是滅蚊用的。

大門打開，光線湧來。畢竟是七樓，相對於樓梯間，裏面頗為光亮。開門的是個四十出頭的女子，眼睛深深的，長着三四層眼皮，清秀，但很疲倦。對了，這張臉像昂山素姬，但比昂山年輕和溫柔。因為這一點相像，鎧文不自覺地往後退了一小步。

「家聲，這位就是紅姨了。」

「您好，紅姨。我是Kevin。」鎧文伸出手來，紅姨也大方地與他握手。她招呼他們在兩張足浴椅上分別坐下，然後向着大廳的盡頭近廚房那邊的窗子旁打招呼：「月棠你來幫忙。」那個叫做月棠的女子把一本書放在窗旁的桌子上，頭也不抬就走了過來。鎧文一時明白了，這個比紅姨高一點，和她長得一模一樣但年輕得多的女孩子將是他的足浴師傅。馬上要托起他的腳來搓揉的不是誰，而是這個二十不到的少女。鎧文的身子登時像被吸進了座椅，他囁嚅地問：「這位，就是師傅嗎？」月棠輕輕牽動嘴角，隱約的微笑好像要排解某種尷尬。紅姨說：「別小看我的女兒，我把功夫盡都傳給她了。」此時女孩又已經走開了。紅姨說：「坐。她去預備熱水。」

月棠再回來的時候，先在母親面前放下一盆熱水，然後再去取另一盆。鎧文的英式紳士反應使他馬上站起來——他要去接過她手上的水。母親拉住他。紅姨急忙過來接住了那盆水。混亂的場景裏，月棠轉過身子去挽起她的長髮，準備工作。她把頭髮束起成小髻。鎧文喜歡女人的髮髻。他總覺得髻束得太高叫人看來像道姑，束得太低則像「師奶」，中間只有窄窄的一寸讓女子同時看起來年輕、成熟和美麗。紅姨的臉甚瘦，下巴尖窄，但月棠的臉剛好沒有這種缺陷。一剎那間，她背光的臉線明亮起來。鎧文彷彿回到了古代。如果紅姨是現實，月棠就是天國。他一身的觸感都被她側臉的輪廓點燃了，身體的敏銳程度忽然誇大了千萬倍。

鎧文再坐下（其實他早就坐下了）。月棠用最精緻的動作把他的鞋子和襪子脫掉，然後托住他那無所適從的冷腳跟。那一刻，他像電腦壞了機，完全無法思考。他幼承庭訓，即使在英國時約會女性，甚至吻她們的臉、拉他們的手，也從來沒有在她們面前脫過鞋，何況襪子？這種潔身自愛來自一種無法言說的感覺。他沒想到會失手於一個唐樓裏的年輕女孩。月棠的手很柔軟但也很有力，承托着他的腳一同落入高溫的清水裏，叫他感到水的熱力和一種莫名其妙的愧疚，還有預期以外的親密。他緊張得挺着身子，膝蓋有點發抖，但他發現要拒絕已經太遲。「好好試一回，沒有甚麼可怕的，洗腳而已。」母親說。

母親先泡完腳，紅姨把她的一隻腳用白色毛巾重重包裹着，放在腳凳上，又往她的椅子背上一推，母親就幾乎躺平了。紅姨和母親開始有一搭沒一搭地說話。月棠包好了他的左腳，就在他的右腿和腳上塗上潤滑油，開始按摩。她的動作是那麼輕快、那麼體貼，又那麼深刻，鎧文仔細地感覺她指頭和手掌的動作，竟然深感惶恐。

母親和紅姨的聲音像身邊一道小溪，細細地、碎碎地流動。他聽見母親說起父親外面的幾個女人和兒女（像聽電視劇那樣），爺爺外頭的債，四叔為了娶得美艷的四嬸怎樣逃離家庭、又怎樣有了小三而離婚等家史。然後母親開始埋怨弟弟揚言絕不結婚也不生子的不孝。他失去知覺之前，聽到紅姨說女人很苦，怎麼說都說不完。母親細細的鼾聲不知甚麼時候溜進了鎧文漸漸閉上的耳朵。

三天之後，他獨自來到這裏找紅姨。紅姨不在，月棠就為他洗腳。一次，兩次，三次。第四次了，紅姨總是不在，而月棠也總是在家。其實那是因為他早已經知道了她們的節奏。這一天，他有點疲倦，按腳時睡着了。他睡了很久，醒來時天色已暗。挪開身上的毛巾，他因要上洗手間站了起來，冷不防看見月棠就睡在旁邊的椅子上。暮色昏暗，她的臉卻輕輕地反射着初亮的街燈。車子駛過，光線明滅，甚是優美。他把毛巾蓋在她身上，忽然感覺到龐大的愛情已經佔領了自己的身體。他俯下身子，又很努力定住在那裏。他想吻她，而她睡着了，他不容許自己這樣做。他留下足浴的費用，獨自離去了。

三天之約繼續，她總在樓上等他，他總在那兒坐下。她沉默地為他按腳，他激動地接受服務。母親來的時候他不來。母親不來的時候他來。七月過去，八月也幾乎過去了。月棠還是那樣安靜，但在某些地方主動起來了。這一天，她曲起食指，用力一壓，他痛得叫起來。她抬起頭大笑了。他叫道：「你好頑皮！」她再來了一次，然後跳開。他往已經挪到旁邊的盆子裏用力踹，濺得她一臉是水，她尖叫起來。他就站在盆子裏，一手把她拉到自己懷裏。他吻了她。

再三天，他剛坐下，月棠就使力了，他又站起來。月棠退後一步說：「你星期五不要來了。我有點事要做。我得開始預備了。」

他很不在意：「預備甚麼？」

她說：「預備開學啊。」

他非常驚訝，慢慢坐下：「啊，是嗎？還在讀書嗎？讀甚麼？」

她捧起他修長的腳板，用毛巾抹乾：「讀大學呀，升二年級了。」

「那你……？」他本想問那為何要做這樣的工作？但他沒問。他開始感覺到自己心裏萌生了一點點的驕傲和一點點的羞愧。驕傲甚麼呢？羞愧甚麼呢？一時間他也說不上來。

「修哪一科？」

「可能是比較文學，可能是文化研究，也可能是英國文學。開學時再挑一下。」

鎧文不敢問下去。大學和月棠，本來應該坐落於兩個不同的世界。但自己為何有這種想法呢？難道一個為人「洗腳」的女孩就不能讀大學嗎？難道一個讀大學的女孩就不能為人洗腳嗎？鎧文一時間也弄不清楚這是怎麼一回事。他自問是個男女平權運動的支持者，這是他教學的內容，更是他的戀愛觀。但此刻，在昏暗的唐樓的頂層，他聽見車子行走的聲音，卻聽不見時代的運行。他走過去擁抱着月棠，忽然流起淚來。

陽光明媚，秋天的香港變得乾燥爽淨，鎧文的心卻仍是濕濕的，像浸在足浴盆裏的腳。很舒服，但這種舒服總帶着一種奇異的焦慮。要到腳都全乾了，穿回襪子和鞋子，一場足浴才算完成。月棠的家他再沒有去了，她留給他的很多，包括手指和腳板的觸感。他捨不得，非常地捨不得，他喜歡她整張小小的臉和後腦勺都落在他大手中的感覺，他特別喜愛她的沉靜和她的頑皮，他懷念和她一起抹乾地板的狼狽。那是一次唯美的時光旅行，屬於古代。但他可以怎樣再找到這樣的她呢？

他無心讀書，從圖書館走進陽光裏，在不大熟悉的環境中，他沿着大學唯一可靠的通道，走向那家提供摩登素食的食肆。開學了，開學就是一種交代，這難道不是暑假的默認法則嗎？月棠有必要向自己交代嗎？自己有必要向月棠交代嗎？

一踏進素食店，他就看見月棠。她正和幾個同學在吃東西。一如所有的二十歲一樣，她臉色紅潤，牙齒特別白亮，頭髮亂糟糟的，想是大笑時弄出來的，手指在胡亂整理。她還沒有看見他，他就急促地退出了食肆。他和她，竟然真的在日常生活中相遇了。而他最無法接受的，竟然是「她憑甚麼闖進我的真實世界來」這個打從自己心底萌生的專橫概念。這種自我認識冒犯了他，這種對她的認識更大大地冒犯了他。這個女孩看見過他的腳，他的腳趾；這是不可思議的，也是無法原諒的，即使是愛情的強大力量也無法排解這種可怕的冒犯，即使他已經吻了她。

大學很大，大得足以讓他躲起來，像一個通緝犯那樣足足躲了一年，何況她根本沒找他。一年後，他回到英國去發展，心中竟還有點成功逃獄的僥倖感，而逃獄者的悲涼和不自由，以及永恆的失戀，他也同時經歷到了。他後來的妻子也是一位出色的學者，聽說是研究中國女性史的。母親說她甚麼都好，就只有點遺憾——這西人女子穿旗袍實在太難看了。

茶樓上

茶樓上

陳澤堂教授退休二十多年仍稱教授，因為他在學術界貢獻甚大。八十八歲的他出門前刮去小鬍子，對鏡微笑，覺得自己看起來仍很年輕，一會兒去見比自己年長數載的「前輩」，必更須顯出點活力來。

五十七歲兒媳安微開車把他送到荔枝角，和他上茶樓坐下，等他朋友來午飯。茶樓上的員工誤以為他們是夫妻，逗得陳教授十分開心。若用年輕一輩詞語描述，他正在暗爽。只見安微一笑之後，大方地澄清，又給他斟茶，一面高聲說：「老爺飲茶。」他聽了更沾沾自喜，因為以前老伴就是叫他做老爺的。安微是兒子第三次婚姻的妻，嫁入陳家不久，不曉得陳教授當年和老伴相處的情況。實情是他想不到這麼大年紀才得到這樣孝義的女兒。

安微確實是孝順的，同住，很處得人，又會穿衣、做菜，適當時候留在房間，且讀過些唐詩宋詞。她指導工人姐姐打理家居，且日日親自作司機送丈夫上班，又接送家翁到處遊山玩水、和各方退休英雄見面。

她和兒子婚禮簡約，在一個小教會舉行，只有陳教授和牧師出席了。兒子夫婦相敬如賓。之前兩妻給兒子生了二子二女，幾人經常來訪，他們也一反頑皮粗魯的常態，對安微彬彬有禮，叫她做安姨。這位安姨還是電競高手，使眾孫兒貼服得五體投地，幾人玩在一起，完全沒有代溝，她還不時為他們解決各種少兒煩惱，包括愛情和自我形象。兒子娶了她，彷彿在家裏各關鍵點上上了潤滑劑，他自己看起來也更年輕了。

陳澤堂有了這個兒媳，也變成了快樂老人。另一位「老教授」李潤庭到茶樓了。他很修長，原籍河北，有點寒背，說話帶點口音。他最使人舒服的地方是笑容可掬。他的鬍鬚反光，其法令紋彎彎地保護着下滑的嘴角，老得有點「甜」。他拄杖而行。一位印傭姐姐扶着他。「抱歉，抱歉，讓澤堂久候了。」他說話時放開了手杖，好像要跌到了，印傭反應奇快，一手撈了手杖，而安微原來已伸手拉好了椅子承接他。老人坐下，對她說：「有勞，有勞。」安微點頭回應：「世伯您客氣了。」老人艱難挪動屁股，安頓好自己。他問：「要不要多開一張枱？」他體貼地說：「讓姐姐們自己聊天？」

陳澤堂說：「嗯，讓我介紹，這位是我媳婦安微，並非傭人。」

李潤庭稍微呆了一下，臉上的笑容收縮，繼而瞬間爆炸出更強大的笑意。「哎喲！原來是嫂子？哈哈，哈哈。」他尷尬地看着澤堂，仍感疑惑。北方人理解「媳婦」為妻子。

安微卻一點不尷尬，說：「老爺，那我就和這位姐姐坐那邊，有何需要，一揮手我們就看得見了。」臨行還為兩位老人添了茶，才和印傭慢慢地走開。

陳澤堂向李潤庭解釋安微的身份是他兒媳，李又即時收起笑容再爆炸出來，十分歉疚的樣子。陳澤堂趕忙叫他不必介意，之後順勢述說他近來過得十分開心，繼而數出安微種種的好，她善解人意、對老人體貼入微，做家務從不犯錯，待人（包括傭人）極好，最重要是孝順，從未提出要自己去住老人院。李潤庭聽了，法令紋往下延伸，他眉毛聚攏，開始生疑，天下間應該不存在這樣的好女子。他雖喜歡詩詞，因此和陳澤堂談得來，畢竟他之前是天文物理學和量子力學的講座教授，老花眼依然明察秋毫，不會讓老友受騙。陳澤堂竟然有個如此優秀的兒媳？他想：這沒有理由落在他九十多年的人生知識的範圍外。

他趁陳澤堂稱讚安微，就扭頭細看她。果然，她的臉在燈光下變得更柔和。他瞇着眼對焦，腦內響起了一聲只有他聽得到的「必」：安微眼部魚尾紋減少了百分之二十七，腮頰下墜現象減少了百分之三十一，臉色微紅而黑了一點，顴骨略長高了百分之八。她正在向着印傭的面貌和年齡變化、同化，但不致變得太快，或變得太多，這樣才可以盡量獲取對方的認同。此時，他心裏有數了。

「你知道她的身世嗎？」李潤庭問陳澤堂。

「當然知道啦。」陳說：「她的中學老師就是麗堂，我排第七的小妹。麗堂從她中一開始就教她了。」

「明白，明白。難得，難得。」李稱讚道。「樣子又好。和令公子真是天生一對。呀，她姓甚麼？」

「姓關。」

老李又點頭。瞬間，他已看到了另一組變化。他的印傭正用無法察覺的速度亮起了中國廣東人的膚色，她本來十分白亮的牙齒如今也稍微暗了些。不好。要是讓老陳知道我分期付款供一個「印傭」，而他竟可一次過把安微那種上等貨買回來，豈不丟臉？關姓AI是絕密上等貨，只生產「女性」，屬於叫做「格格」的至高檔次，原名覺羅，高度像真，毫無瑕疵，格格是其暱稱；而充當印傭或其他傭人的只是加密「良友」等級，原名利盎達。他們這些通了芯片的專家，為了掩人耳目，最多也只能認購利盎達，而且用每月供款的模式來瞞過行家。

此刻，安微走了回來，把一碟芋泥糯米炸丸子放下了，說：「這個甚好吃。老爺、世伯，試一下。」

兩位老人各吃了一顆。陳澤堂高叫道：「美味！」李潤庭也大叫一聲：「好吃！」此時印傭走過來攙扶他，說：「先生，這個只可以吃一個，太上火了。」

安微說：「不要緊的。不是說你先生的數據很好、不會有事嗎？」老李忙道：「服藥後總膽固醇低於4，血壓140/80，血糖指數正常。……」

印傭說：「如果不是陳伯伯相約，太太和少爺才不會讓他出來啦。陳伯伯是他學弟，這才可以出來一陣子啦。先生，我們回家了，您要吃糖了。」

老李點點頭。利盎達是不好對付的。他必須裝出合作的樣子。

安徽笑問：「甚麼糖？」

陳教授小聲說：「別問了，回家告訴你。」又大聲說：「老李，凡事想開點。代我問候珍妮。」

老李點點頭，蹣跚地揮揮手離開了茶樓，消失在午飯時間坐着高談闊論的人潮中。

主僕二人離開後，陳教授對安徽說：「珍妮是他妻子，早年因癌症走了。利盎達卻要裝作她還在人世，他才聽話。這樣才能照顧他。糖就是藥，聽說還包括精神科的藥。」

安徽點頭不語，沒有人知道她在想甚麼。

高度

高度

張偉任七歲的時候，赫然發現自己長得很高這優勢。二年級開始，他得到了老師的注意，第一周上學就給老師指定為行長，過了一星期，老師更在行長中選出他當男班長。女班長是個高大的女孩，大家叫她做肥佳，因為她的名字叫做孫睿佳。肥佳慢慢變成了「肥雞」，名字十分難聽，她因此和幾個同學吵了架。他呢？則得到「高佬」這諢名，而這名號從此就跟着他。一天，肥佳哭了，她胖，得到的是集體欺凌。而張偉任呢？他高，得到的是仰望和敬重。到了下學期，肥佳給換走了，高佬仍然是班長。老師因此非常讚歎自己的眼光，認為她是張偉任的伯樂。張媽媽家長日來取成績表，雖然張偉任的表現只比中游略好，但老師寫了很長的評語，說他怎樣怎樣有領導才能和魅力出眾，使張媽媽最終把那張成績表過了膠，放在首飾盒子的下面。從那時起，她就開始用力提升張偉任的成績，結果，張偉任一直到小學畢業，都是品學兼優的孩子，他因為成績還不錯，剛在頭三分一的末段，於是派進了第一等的中學。那個暑假，張媽媽還帶了他去新加坡旅行，以增長他的見識。

中一時，張偉任已經身高一米七六，他還未進入快速拔高的「發育」時期呢！上課第一星期，大家就自然地跟着他的小學同學叫他做高佬。好事接踵而來，高佬給體育老師看中，一下子進了排球隊、籃球隊和長跑隊的預備組。他從未做過運動員，此時在各種隊伍中，一周操練幾次，體能上升，所有的大哥哥大姐姐都在傳説：中一來了個娃娃臉的「高人」，就特別用心訓練他。未幾，他修長瘦削的臂和腿，開始有了一點兒肌肉，更好看了。他籃球打得好，因為手很大。他排球也打得好，因為能攔網，對着初級組的網扣球也不用怎麼跳，不過他仍努力跳。未幾，他成了眾女同學愛慕的對象，他出場——即使是後備——她們也會尖叫。高班的説他可愛，同級的説他英偉。運動上的好成績讓他更拚命讀書，因為他開始有面子了，做人，怎麼也不可以丟臉。他用功讀着所有的「課內書」，成績自然不錯，父母都以他為榮。他們有一個超級的all round kid。

到了中三，張偉任已經成了個充滿「自顧偏差」的少年人。一米八的初中生還不多，因此他總自覺出類拔萃。他認為自己是得天獨厚的，甚至覺得自己英俊——因為鏡子裏的那張臉在十四、五歲時急劇變化着，他天天都覺得自己在變得好看一點，從未懷疑，於是在學校容許的範圍內嘗試了所有的髮型。當時，幾乎全部的男女同學都處於患得患失的狀態——男的覺得自己太瘦或因正在變聲而説話走調，或腿型不好看，經常躲在一角一個人吃麵包；女的怕胸部太顯或太小，寒背挺胸地以古怪的姿勢走路，有的更在三十幾度的高溫下穿著灰色的毛背心。這個階段，他一點自我批判的感覺都沒有。在他眼中，喜歡他的女孩子若非太矮，就是太沒有運動細胞，少女的入字腳特別使他感到厭煩。身材一流的運動型女孩呢？他覺得太「男人婆」；略胖的是可怕的吃貨，看着她們就幾乎聽到吃東西的唧唧聲；太瘦的則是得了厭食症，命不久矣，不能愛上。收過三數女孩表白信的他於是總是把「可能的女朋友」拒諸門外。有一個到了中二學年末尚未變聲的男同學因為非常矮小被譏為「粟米」，他更刻薄地改叫他做「粟米片」，以誌其矮。

他唯一的煩惱是同學的成績開始超車。無論他有多用功，都比不上那一群日夜背書的「四眼妹」。部分頗為懶惰的男同學無端白事數學滿分，而他對數學開始感到吃力。他急叫媽媽為他請來補習老師，豈料那個數學家教是剛進了科大的同校師兄。那人補習後回到中學去到處說他是個數學白癡。此話從那幾個同學傳進老師耳朵，又從老師那兒傳回同學群中，再從同學那兒接力傳到了自己的耳朵裏，叫他非常難受。他咬緊牙關天天練習，初中時數學仍能保持中上成績。他看着那些無論怎樣努力數學都不及格的女同學，覺得自己的狀態仍是不錯的，她們從數學失掉的分數，作文再怎麼好，都無法追回。他讓母親炒了那個補習老師，再請一個。不過，新的那個甚至無法維持他的表面優勢。母親和對方交涉，那人攤攤手說：「我有甚麼辦法，他一點天分都沒有。」張偉任聞言，非常惱怒，幾乎打人。但在惱怒背後，他的恐慌開始浮頭了。

到了要選科的時候，那些背書的「四眼妹」都選了文科，而部分男同學則脫難似的丟掉了好些文科科目，磨拳擦掌地等待着於公開試用數理化科目大顯神通。選科前，老師逐個輔導。輪到他時，老師說，理科不是他的強項。他敢怒不敢言，最後還是不肯和「四眼妹」們一同「淪落」到文科班，硬進了理科二班。他的比較之心仍在左右着他的情緒。

最讓他莫名其妙的是有好些同學在暑假後忽然和他長得一樣高了，有一個甚至比他高兩公分：185 呢。那同學本來甚麼都不及他，如今，他忽然進了所有的代表隊，因為他不但高，而且彈跳力極好，又天生會跑，200 米和 400 米都得了第一。張偉任和他幾乎在所有校隊、社隊裏碰面，而他有時竟然還會取代了張偉任成為正選。最讓人驚奇的是他正是一直沒人注意的「粟米片」。一天「粟米片」從後面走過來，問他是否還未交班會費。張偉任起初聽不出是誰在說話，回頭一看，原來是個和他一樣高的男孩，磁性的男低音竟然那麼動聽。「粟米片」已經變成椰子樹了。

中五後期，他真正喜歡上一個女孩。在他眼中，她是個爽朗的人。她短頭髮，因為圓潤而可愛，走路有點入字腳的她是個讀理科的高材生。她考第一，考完第一還是考第一。他喜歡的正是這點，這樣的女孩才襯他。他向她表白，她很驚奇地回頭細細看着他。她說：「你不嫌我矮嗎？」

「沒有呀！我不會的。」他說。

「但是，我嫌你高。」她說完就走開了。原來，中二的時候，鄰班有個胖女孩喜歡他，他就到處「唱」。原來她就是她。他卻一直沒想起來，此刻，他實實在在地認為自己失戀了。他第一次聽見「高」是一種弱點。他的失戀來得正好。他的183變得平庸的時候，他成績、運動、學業和感情生活的平庸也因此有了藉口。他失戀了，他母親和這個從未在她面前出現過的「矮肥」女孩成了不共戴天的仇人。她到學校去找她。可是，學校裏的「矮肥」女孩很多，大都是些未從「嬰兒肥」奪胎換骨成為性感少女的初中小女孩。她並不知道，那個女孩根本不矮，也不胖，所以她找不到她。

到張偉任考不進大學的時候，母親仍在埋怨那個女孩，而她已經進了港大醫學院。有甚麼比這個藉口更好呢？張偉任翌年在一家名氣不大的中學重讀，再考公開試。可是，在這裏他除了高，甚麼都不是，也沒有面子要守護，動力太少了。第二次考試，成績更差。最後父親命令他出國讀高級文憑，學酒店管理；他畢業後卻沒找到理想的工作。一次去試着當模特兒，被罵太做作而永不錄用。他非常氣憤。近年來，氣憤開始成了他的習慣。

有一天，他憤恨地離開了他剛開始工作的航空公司，因為在航機上，他被一個不怎麼高但很漂亮的空姐罵了一頓。她說：「以為你那麼高，會有點紳士風度，可是你連高處的東西都不幫忙拿。那你還有甚麼優點？」她說完就悻悻然走開了。他向上司投訴她。女上司說：「她說得沒錯。人人都要善用自己的長處。」他說：「我是來工作的，我長得高，關她甚麼事？」女上司解釋：「你長得高，別人就對你有期望。」他對上司說：「如果我長得矮呢？」上司避開這敏感的話題：「我不會回答假設性的問題。」他氣得想咬她一口，突然發現這個已經升了職的漂亮上司就是小學的女班長肥佳。他百感交集，落寞地辭了職。不久之後，航空公司大裁員，按勞工法例賠償給員工，他卻因剛剛自行離開了而甚麼都得不到。

一個人站在海旁吹風，簡直快要發瘋了。他正處於失業的狀態，連父母都埋怨他。此時，他看着一艘白色遊艇在近處經過。船上，站着幾個身材普通的、三十出頭的男女。他定神一看，原來幾個都是自己的中學同學呢。他看着他們，終於記得自己除了長得高之外，還有一個強項：他視力極好，視光師說有 2.0。只見他們談笑風生，向着海港外的藍天白雲滑去。人家說，在香港，最大浪的地方就是維多利亞港內的水域。一離開海港，就風平浪靜了。而這一點，他一直無法明白，尤其是這一班人每一個都比他矮。

背包

背包

科學家認為人在動作中會比較年輕，靜止時則較易老。也有科學家認為兩個自己不會同時出現在同一空間裏。

但當志強在地鐵車廂裏看見年輕的自己和阿詩親密地站在月台上時，他肯定科學家都錯了。

他不知道列車不停站的原因。一整車人都聚精會神地看着這個地鐵站月台上的風景。站頭人很多，似乎人人各有所見，但沒有人走近車門準備下車，好像大家都明白這還不是終點站。志強看到年輕時高大強壯的自己拉着阿詩的手。他當時戴着近視眼鏡，短髮，那雙充滿肌肉的腿輕鬆地撐起仍未發胖的上身。如今的他，已是關愛座的常客。但他此時卻是站着的，這一列車似乎沒有關愛座，甚至沒有椅子。

阿詩是個高挑女孩，但年輕的他依然可以垂下頭來看她，並且因此感到男孩子的滿足和驕傲。阿詩是羽毛球運動員，修長而結實，眼睛閃着溫柔的亮光，她下巴尖小，笑起來像個孩子，有一個酒窩。志強覺得自己一生最大的成就就是拉過她的手。他喜歡拉她的左手，因為她握拍的右手有點粗。她不長長指甲，粉紅色的細長手指上就只有自然的薄薄的指甲。

志強所在的車廂一直在往前走，但不知怎的，它總走不完這一站，就好像環形行走的列車——但車子明明是直走的呀。他從年輕的自己的背，一直看到他眼鏡的邊緣，他眼中的笑意，他眼鏡的反光，他的微笑和下唇。他從未試過由這麼多的角度看見過自己。那一刻的阿詩仰臉看他，表達出充分的信任和等待，他眼鏡裏有她睫毛上的閃光和燈的形狀。她略微抬高着臉，好像要把一生押注在眼前這男孩身上了。

可是，為甚麼會和她散掉了呢？後來自己為何會和惠美結婚？志強幾乎想不起來了。但一瞬間，他們的列車已經到了另一個站頭。車裏的人開始哭泣，有大聲哭的，有小聲飲泣的，但更多的只是流淚、掩臉和靜默。志強看見站頭上的他揮開了阿詩的手，阿詩追前去想拉住他，但沒拉到。他記起來了。那時的阿詩給選進了香港隊，集訓去了。

那個時代，手提電話還不普及。志強把阿詩送進體育學院時，還給她提行李。但阿詩好像給體育學院吃掉了一般。志強看見她的次數日漸變少。有時她放假，他卻要上班。有一次，志強看着她和一個男孩子從體院走出來。他比志強高，肩頭也比他寬。志強認得他。他是香港游泳隊的成員。他沒有走上前去。因為阿詩的頭髮變長了，長得可以紮馬尾，而這是志強一直希望看到、而阿詩卻一直沒為他做的。如今她成了專業運動員，竟然蓄長髮？

志強和阿詩來自一家不大有名的中學，兩個人的成績都不算好。中學畢業後，志強進了一家超市當工人。他長得高大，樂意助人，常常伸長手就做到別人要爬上梯子才能做的工作，人緣極好，不久就升為經理了。這對他來說是個大喜訊，但他尚沒能親自告訴阿詩。到他們終於能夠見面的時候，他喜滋滋地說了此事。豈料阿詩沒有想像中的驚喜。她明亮的眼睛眨了一下，長長的馬尾一甩。她拿下了束髮的繩子，一頭長髮水一般滑下，他注意到她的髮色變成輕紅色了。阿詩展現笑顏，高聲告訴他：「我也有好消息。我因着運動員的身份，給保送進港大了。」她說：「我現在正惡補英文，以後會非常用心讀書。啊，對了，我買了一個背囊給你，很便宜的。正好做個紀念。」

志強的心從高位掉落到深深的冰湖裏。他接過背包的時候就知道，阿詩要離他而去了。他心裏閃過一個念頭：他要搶先提出分手。還未想好，他就脫口而出：「阿詩，我對不起你，我另外交上女朋友了。」

他覺得阿詩起碼會有點驚訝。她卻木了臉，過了一會，還伸出手來與他握手。「感謝上帝！」她說：「我原先還不知該怎樣向你提出分手！我要進大學了，前面的路，也不知會是怎樣的。你有了女朋友，我就沒有那麼內疚了。」

「阿詩，那……我們互相恭喜吧。你永遠是我的好朋友。」

「當然。」她又露出孩子一樣的笑容，酒窩隱現，眼睛因濕潤而發亮。

列車來到了另一個站頭。那是一家超級市場的門外。他背起背囊離開超市的時候，一個女孩子從後面趕上來，說：「強哥，你拿錯背包了。」他大驚。行人道上燈光不明亮，志強仔細一看，果真有點不同。手上的背包比較新，雖然是同款的。

女孩叫做惠美，是在counter工作的同事。她去年中學畢業就在這超市做了，但她身材矮小，人又計較，因此做了一年多仍沒升上經理級。此刻，她拿回自己的背包，說：「這個背包，是我以前的男朋友送給我的，不能丟。」志強一驚，心裏即時引為知音。他說：「你們為何分手了？」

惠美垂下頭，本來不高的她顯得更矮了。他連她的髮渦都看得見。她還未回答，就已經哭起來。過了一會，她說：「他考進了中大，認識了一個女同學，和我分手了。」

志強非常震驚。難道上天真的為他預備了惠美？他一下子擁抱着她，啞忍了幾天的心痛湧到喉頭上，他也哭了。從此，他就和惠美好起來，天天背着阿詩送的背包上班。不知為甚麼，他們的背包本來就是同款的，卻一直沒有人說起，到他們戀情公開了，大家卻一口咬定那是情侶背包。

命運讓他們走在一起，卻沒有讓他們感覺到愛情的養育。他們一生在背誦着超級市場貨品的位置和價錢，一同以省下幾毛錢為興趣，生命的目標就是要在有生之年開一家屬於他們自己的超級市場。惠美看着他的頭髮一圈一圈地流失，成為她肚子上一圈一圈的脂肪。他們是相愛的，卻從未相戀。但是，這又何妨？

香港很小，不過，他再沒有見過阿詩，而她也再沒見過志強。志強這一個小家庭，住在公屋，養育了一個聰明獨立的兒子。

列車經過一場婚禮。他和惠美的兒子結婚，搬出去了。夫婦倆買了那一間公屋，成了業主。兒子是大學畢業生。志強終於參加了大學畢業禮，以家長的身分。

有一天，他看見惠美在縫補她的舊背包。他突然無名火起，大叫道：「那個背包還拿着嗎？已經二十幾年了，發臭了，把它扔掉吧。」

惠美說：「好，一起扔吧。」她忽然飛快地走到衣櫥的雜物格，取出他的背包，小跑幾步，一手把它往露台外扔。他抓不住，背包就往下飛了。他衝前去，要給她一記耳光。可是她靈巧地躲開了，不屑一顧地關上房門，而同時，他整個人撞到欄杆上，肋骨即時裂開。他痛得幾乎暈了過去。此時兒子剛好回家，發現此事。

兒子扶住他乘電梯到樓下時，警察已經拿着那個背包迎面而來。他忍住痛說：「阿 Sir，這背包是我不慎扔下來的，當時，我滑倒了，背包甩手而出，我還撞到了露台的欄杆。」警察見他痛苦如此，又承認了錯誤，就相信了他，警告了幾句，不再管此事，更把背包還了給他。畢竟，那種痛是真實的。兒子把他帶到自己的房車上，將他送到最近的私家醫院。入院手續辦好之後，兒子說：「醫生會把你的情況告訴我，你不用擔心。我現在回去接媽媽來。對了，你的背包，要不要我把它帶回家？」

他趕忙護着背包，說，不用，我帶着。兒子點頭，就離開了。一小時後，兒媳和惠美都來了。他們靜靜陪着他，沒說甚麼，晚飯時間，一同離開了。

夜裏，他痛得厲害，抱住背包仍不能入睡。他問護士，護士就給他止痛藥。服藥後胸口依然極痛，但他願意等，等不痛的一刻到來。他勉強起來上廁所，又把自己的錢包、證件等放進那個心愛的背包裏。他仔細檢查背包有沒有破爛的地方，或許它已經像惠美那個一樣千瘡百孔了。他檢查着，撫摸着，不意發現背包的內袋中還有一個小內袋，躲在一個很隱蔽的地方。內袋中的內袋裏，還有一個更小的布袋，縫上去的。他開了床頭燈，細細翻開來。

裏面有一張極其細小的紙條，兩面都用透明膠紙封了幾層。因此經過多次洗滌，那上面的阿詩的中文字還非常清楚：「阿強，我是不會因為進大學離開你的。我希望你能再考大學，我在大學裏等你。詩」

阿強大叫起來，使護士們一個接一個衝了進來。他很激動地哭了，像一個孩子那樣哭。護士長說：「先生，我明白你的痛，不過，會好起來的。不要哭，快睡吧。」但是，他不但無法睡，他覺得天昏地暗，一層又一層的黑浪衝進了他的腦袋，他的心裂開兩瓣，一半留在二十歲之前，一半落在二十歲之後。

這時，列車又直直地走了一「圈」。他看見窗外流過一個匆匆走進病房的醫生。他檢查他的眼睛，觸碰他的屍體，說，心臟病發，又說：certified。那一瞬間，他就滑進了現在身處的車廂。車長的聲音從麥克風傳來：「各位旅客，回顧旅程完結了。剛才，大家都回到過自己最重要的站頭。前面就是終點站了，請各位把攜帶着的行李全部卸下，準備下車。」他想，我還有行李嗎？

懷中一陣暖熱，他原來仍帶着阿詩送的背包。此刻，它像一個奶黃包的餡料一樣，充滿溫度，卻慢慢地融化了，流走了，不見了。列車慢慢地滑進一條很長的黑色的隧道中。

妹妹

妹妹

她和他的孫女住在一起，睡在同一張雙人床上。她只有三十九歲，孫女十歲，是他帶來給她照料的。

她照料過他三個孫女。她們都叫她阿婆，三十幾歲就當阿婆了，因為他們不能叫她做嫲嫲。她們的親嫲嫲已經六十五歲了，比他還大兩年。那個嫲嫲的兩個兒子，也即是她的庶子，年紀都比她大幾歲。

她進門的時候，他們和他們的妻兒都給她敬茶。她還記得那時仍是上午，他們的影子在晨光中拉得長長的，因為每個人都是站着而不是跪着給她敬茶的。她還記得他兩個兒子的手很大，茶杯很小，而自己的手也很小。茶只有半杯，不斷地晃蕩。那樣的小手和那樣的男性的大手通過杯子接觸的一刹那，她渾身發抖。

那時她心裏想，嫁給他們兩個中的一個多麼好，為何會是他呢？

但那是姐姐的命令。

姐姐比她大十八年，二人並非出自同一母親。到父親也死去的時候，她抬頭看着才二十五歲的姐姐，說，姐姐，你到哪兒去？我跟你去。於是，姐姐開始和那些男人來往時，她處處都帶着她這位只有七歲的妹妹。

姐姐是個修長的女子，而她是那麼小，每每要抬起頭來叫姐姐。許多男人都問：那真是你的妹妹嗎？不是女兒？姐姐說：好，那你就當她是我女兒吧。他們的眼睛那時就會沿着姐姐的旗袍從肩膀往下滑，然後說：也真會保養，生過了還這樣好身材。姐姐笑了。「生過沒生過，不必隱瞞。你若對我真心，那有甚麼大不了？」姐姐當然沒生過孩子。

他第一次來的時候，是來湊麻將腳的。他把對手都打敗，因為他夠老實、專心，全副精神投入去「做牌」。那天，姐姐和他和另外兩人打牌，那兩人一面打一面對他說：老黃呀，聽說你的兒子都長大成人、幫你打理生意了。他說，是呀，不過，還是我夫人了得，他們只是助手，所以我才有空打麻將——我就是有這種癮。他倆問：真的只是打麻將？他腼腆地笑起來。往後，他們四人就常在一起打麻將，發展出奇怪的默契。然後，她記得，姐姐輪流和那兩個較年輕的在一起——他們經常留宿。

但是，身為妹妹的她卻比較喜歡那位大叔。他即是她後來的丈夫。

那段打牌的日子，他曾經給她買過糖。她存起糖紙，洗淨、壓平，放進書裏夾着。姐姐笑她吃糖吃胖了。她說：姐姐，我不胖，是你太瘦了。看，你能夠走過一道縫。

後來，姐姐證實染上了肺癆，那兩個年輕男人不來了。家裏好像換了個地方，地磚平滑發亮，圖案清晰；而且再沒有麻將的巨響，靜得連斟茶的聲音都聽得見；不強的白天的微光會穿過半透明的玻璃花，隨着茶水晃動。姐姐不再喝鐵觀音，她開始隨他喝普洱。她煤爐上的火不熄滅，說是要暖和一點。姐姐連樣子、髮型和衣服都變了。以前的鬈髮沒有了，頭髮剪得齊整，直直地垂下，指甲修短，沒有人工顏色。只有他還是來，帶來中藥、西藥和糖。他教姐姐和她認字。她還記得那張小小的圓圓的雲石圓桌。她寫字時鉛筆偶然會給紙下雲石的裂縫卡一下，紙有時會給戳穿。

姐姐的咳嗽持續，她每一次都會走到陽台上避開他們才咳。那男人的眼睛隨着姐姐而去，她也會停下來不寫字，看着那位大叔的臉發呆。

姐姐臨終時他哭得很厲害。但是他其實從未留宿。他答應姐姐把自己帶回家照顧。姐姐死了，他果真把她接回家裏去。那時她十八歲。他的妻子和兩個兒子都很驚訝，卻沒有說甚麼。他們理所當然地在名分上孝順地接納她，同時在生活上輕盈地拒絕她。她慢慢發覺他的夫人和他甚麼話都說——說生意，說兒孫，說健康，他們甚至說她的姐姐。但他不和她談話。

他娶她為妾，他們讓他隨心所欲。他把她安置在鄰區，月頭他來一次，準時得像她的月事。他給她錢，問她有何需要。有時他會讓孫女來住些時，例如孫女的媽媽病了，或生產坐月子時，她就派上用場。那段時間，她就像媽媽那樣照顧小孩子，送她們上學下課，為她們做飯。她們不來的時候，沒有人理會她做甚麼。她這樣的人生鈎連着他們一家人的方便，因此大家都敬重她，沒吵鬧過一次。大太太很得體地稱她為妹妹。孫女們更是喜歡她，她不但識字，她的床更是十分寬敞，寬敞得像個曠野。

你的名字

你的名字

在警局裏說愛情故事，本來是不大合宜的，不過也有例外。今天就給你說一個。

最近，警方接獲的報告很奇怪：七個人分別在中環、金鐘、銅鑼灣、太古、西九龍的超級大商場失蹤了。這些失蹤者都是女性，從照片看，都略有姿色。事發時部分和家人或朋友在一起，突然就不見了。警方起初沒接受他們報警，因為人只不過不見了一會兒。但隨着時間過去，家人都焦急得哭起來，有的更大罵警方不做事。終於，時間一天一天過去了，警方也覺得不尋常，就命令十四個男女便衣警員喬裝為七雙情侶，分別到那些商場去調查；這樣做既可以掩人耳目，也可以彼此照顧。

阿翔和晶晶給分配到又一城。

阿翔今年三十八歲，未婚，短髮，看起來只有三十出頭，因為他喜歡游泳，身體很好，肌肉修長而柔軟，皮膚卻不黑，因為他是在室內泳池鍛煉的。晶晶三十六歲，前陣子因丈夫有外遇而離婚，本來還有點後顧之憂的她，失婚後工作更投入。她蓄及肩的黑髮，單眼皮，高鼻子，是個精敏女子，卻不怎麼打扮；二人是一般同事，也是從未「過電」的好拍檔。如今，他們刻意從太子乘地鐵到又一城去，沿途觀察。走完了通往又一城的隧道，他們乘扶手電梯上了上面最多名店的一層。晶晶嘆口氣說：「還是千篇一律。名牌手袋，化妝品旗艦店，沒有中文名的大公司……即使去到南半球，商場也是一個模樣的。從大都會商場的佈置看，世界上總有虛榮而有錢的女子，打扮自己原也無可厚非，但走到極端，不貴不醜的東西都不買，卻匪夷所思。」

阿翔說：「咦？聽起來你有點不同呢。那你到何處買衣服？」他心裏刻薄地想：難道這就是這女子離婚的原因？他定睛看着她，卻覺得她有一種意想不到的內在美。

「第一，我很少買。第二，要買的話，我去大南街……」晶晶回答。

阿翔爽朗地大笑起來：「哈哈，怎麼我從未在那兒看見過你？我也是深水埗常客。不過，我多數去鴨寮街看新鮮的東西。要買衣褲時才去大南街。」晶晶笑了。她前夫從未去過深水埗。說着，二人走進陽光充沛的商場，遠遠地看着龐大空間內走來走去的市民。晶晶把手穿進阿翔的臂彎，阿翔有一點晶晶觀察不到的反應。一個念頭閃進他的腦袋——幻覺中，他拉着晶晶的手走進了深水埗。不過，夢很快就醒了，他們正在又一城當值。

晶晶忽然按着阿翔的手臂，說：「你看！那個女人定睛瞧着那張大頭照，似乎在研究甚麼——不，似乎喝醉了。」她指着二十幾米外的一幅大型海報廣告：那是一個白人模特兒的巨型化妝品廣告照。她的一邊臉是暗位，一邊是向光的。向光的那一邊清晰地看見她眉頭、下巴的皮膚細紋。嘴唇形狀性感，但她唇膏塗得極厚，唇紋盡現，反而顯得很粗糙。阿翔心裏想：「這樣的批盪唇，我才不想吻。我想吻的唇是清潔的——像晶晶的唇。」此時，他注意到模特兒的另外一隻眼睛。她那邊的臉太暗，臉上的一小片光像是那隻眼睛的身體，二者加起來就是一條沒有頭、腮，也沒有魚鰭，只有一隻眼的怪魚。

阿翔和晶晶感到一陣寒冷。他們好像同時看到了那照片裏的「美女」也正在注視着他們。阿翔頓時拉緊了晶晶的手，兩人往後退了一步。那是一種奇怪的、同時出現的認知和行動。晶晶看看阿翔，阿翔也看看她。他們確定對方仍在之後，就即時回頭緊盯住那照片。

那時，一雙二十來歲的情侶拉住手走過那幅巨照。女的抬起頭來看，手舉起來指着那隻在暗處發光的眼睛。男的忽然蹲了下來，因為他的鞋帶鬆開了。晶晶看着二十米之外的他們，小聲叫了起來。阿翔看了她一眼，示意她安靜。人群在照片和二人中間流動——照片下的男人繼續綁鞋帶。此時，在晶晶和阿翔的注視下，男子身旁抬頭摸了照片一下的女孩子漸漸變得透明，更在幾秒鐘之內消失了！男的站起來，很驚奇地發現女伴不見了，他到處張望、尋找，往不同方向小跑，非常緊張。晶晶要過去告訴他，阿翔卻按着她：「再觀察一下。」

當男人到處張望的時候，一個撐傘的中年女子在大照片下經過，二者距離很近。那把傘是透明的，拱形的。晶晶對阿翔說：「為何在室內撐傘，而且是透明的？」阿翔道：「很可疑——可能她要得到甚麼信息，而那傘是收集器。晶晶，你去跟蹤她。我去看看那個可憐的男人，就跟着來。」

晶晶拋下「收到」二字，輕盈地急步就往打傘女子那邊走。中年女人撐着傘走進了地鐵站，警察的訓練叫晶晶慢慢鎮靜下來，遠遠地跟着她。那個女人沒走向地鐵月台，反從九龍塘站最少人出入的E出口的扶手電梯離開，走到陽光下。晶晶看見她慢慢地開始收傘。那把傘給她折合、捲起，就漸漸變薄，變軟，最後竟給她搓成一小片五毛錢大小的透明小圓片。她竟然把它平放進嘴裏，將之吃掉了！晶晶看得傻了。她用輕快的步履跟上，發現那女人竟然在幾秒內消失在陽光下，好像一柱透明的魚膠粉溶化於空氣中。

阿翔打電話來，說那個男人很擔心女朋友，他知道阿翔是警察，就向他初步報了警。他們二人先回到警察局去。

晶晶也趕回警局，一見阿翔，竟然衝動得在眾目睽睽之下跑過去擁抱他。阿翔的反應也很自然，同樣用力擁抱她。這樣的情景只持續幾秒鐘，但對他們來說，好像已經天長地久。同事們都是很有經驗的。阿堅問：「死過翻生？」二人一同點了頭。幾個人帶了那個憂心忡忡的男人到休息室坐下，就一同找上司去，向他報告。

此時，另一組同事回來了。他們甚麼都沒看見。上司來聽了二人的報告，又查問過那個男子，最後更找來了之前報警的其他失蹤者的家屬再問了話，發現事情真的很詭異。「難道世上真的有鬼？」上司說。

阿翔搖搖頭。他說：「我不信有鬼。是電子科技。」

二人黯然。他的認知和能力似乎趕不上這種處境的要求，上司把期望都押注於阿翔身上，因為大家都說他是數碼天才，誰知道這個天才如今只覺得自己沒用。

「我要親自試一次！」晶晶說。阿翔看着她，發現自己非常擔憂。晶晶卻堅持去試，且得到了上司的許可。上司會差派另外一組同事Mia和阿堅在後面保護他們。

四人再集中到又一城，阿頭自己也來了。晶晶和阿翔繼續假裝情侶，手拉着手謹慎地走到那張照片面前。阿翔他們之前估計照片裏可能有收音器，除了「劇本」裏的話，二人甚麼都不能說。

「阿翔，這個女人真漂亮，她的妝容真的很吸引我。」晶晶刻意說，很不真心地。她的演技太差了。阿翔心裏既憂慮又想發笑。

剛才出發前，晶晶的女上司用上好的化妝品給她化了個淡妝。她又穿上了裙子和斯文鞋。阿翔那時已經忍不住看着她，他發現這個拍檔好看得很。平時她穿得很中性，如果不用工作，他也能和晶晶這樣上街，就實在太好了。但如果她還是平日的她呢？他們還是會一起的——阿翔忽然覺得自己回不去了。他從輕巧的虛榮回過頭來——喜歡她，一直喜歡，打扮過的她，只是上天對人性的柔和顯影。

二人在大照片面前站定了。阿翔更用力地握住她的手。她的手很冰，應該是緊張過度。此時，晶晶的身子輕微地抖了一下。她發現了一種感覺，看阿翔一眼，阿翔也感覺到她經歷了甚麼，但不便說。他的電話此時響了。那是劇本的一部分。他用左手拿出電話，右手仍拉住晶晶不放。但是，電話的聲音太小，他放開了拉住她的手去調整音量。忽然，晶晶經歷一陣無光無色無香無觸感的力量再度掃描了她的身體。她好想睡。就在那一刻，阿翔的手再度拉住了她。她又清醒了、站直了。但是，為了得到完整的經驗，她蓄意把他的手甩開，並且按着照片黑暗的那一邊堅定地說：「我一定要試一試這種化妝品。」瞬間，她的睡意重來，而且這次比之前的濃厚得多。她聽到阿翔叫她，他用雙臂抱住她，但她已經滑入了一個光亮的空間。她忽然覺得自己生無可戀，惟獨阿翔的擁抱使她感覺到輕微的喜悅。

此刻忽然失去了晶晶的阿翔，勉強叫自己鎮定下來。他扮作找人，到處叫，到處張望，首先要做的是離開那張照片。他們的上司和同事看着此事發生，全都嚇得目瞪口呆。阿翔雖然繼續「做戲」，但是他仍不忘盯住那照片前面的幾個平方米。未幾，一個撐着透明傘的中年女子——正如晶晶所說的——正慢慢踱步走過那照片下面。一道不容易察覺的扁平的亮光從照片中人的左眼潛入她的傘下，那傘骨暗暗地發了一陣子光。她打着傘走進九龍塘站。阿翔循着晶晶所說的路線跟着她走到站內，又從E出口走到陽光裏，就看見她開始摺傘。直覺告訴阿翔，這把傘就是收集資料的計算器。他高速跑近她，突然把傘搶到手裏。那女人轉過身來，全無表情，人和傘驀然在陽光下消失了。

阿翔不相信自己的眼睛，於是用腳一踢，啊，果然地上仍有一大堆會動的東西，他再踢，那隱形東西想跑。阿翔一股腦兒坐在那個看不見的物體上面，然後轉身按着它，高聲説：你是AI？物體發聲：是。女子的聲音。這麼一答，阿翔就知道這種AI是不懂得説謊的。就當下的科技而言，如果它能夠並且有意識地説謊，它的擁有者也就無法處理它了。

「你把失蹤的人帶到哪兒去了？」

「我需要你説出密碼，才能告訴你。」

「密碼？」阿翔想了一下，説出了化妝品牌子的名字。

「不對，請再試。」

阿翔努力拼出了那個女模特兒的名字。

「不對，請再試。你只有三個機會。」

阿翔很激動。他無法在此時運用理性猜到甚麼，急得大叫道：「陳瑞晶，你到底在哪裏？」

那個隱形的東西忽然説：「陳瑞晶，答對了。她就在這裏。」

阿翔驚醒，發現自己正用雙手按着晶晶的肩膊。她在人行路上睡得正香呢。他以為她昏迷了，大叫道：「晶晶，不要，不要死啊，晶晶，醒來！」晶晶緩慢地張開眼睛，幾秒後，她很機警地發現自己的處所和阿翔的存在，感到驚慄。她坐着擁抱他的時候，同事們都上前來了。大家把晶晶扶起。晶晶站起來時，差點滑倒。阿翔用力扶住她，發現她的腳底踏在一個小圓片上。那小東西，像一個輔幣，但醞釀着一點溫柔的粉紅色的亮光，像女子掛在頸項的飾物，非常華美引人。阿翔把它撿起，小心翼翼地用裝證物的小袋子把它包裹着。

回到警局，晶晶抖擻精神，告訴幾個最高級的同事，她當時給扔進了一個非常光亮的房間裏，裏面一個人都沒有，但是，她動彈不得，躺在一張高床上，好像有一些事情要發生了；她感覺得到，但說不出那是甚麼事。阿翔坐在她身邊，心情此時仍有點忐忑。最高級的上司問：「這小圓片如今在哪兒呢？」

「證物房。」阿翔說。上司就命人把那個東西拿過來。它仍然在發光，尤其在燈光下，暗暗地、無由地美麗着。在場的每一個人，都想過把它掛在自己或女伴的胸前。

「你當時是怎樣和它溝通的？」上司問。阿翔想了一會，說：「我再試試。」就叫人把失蹤的人的檔案都拿了來。他細細認清那些受害人的名字，然後對着它高聲說：「你是AI？」

「是。」它發聲，同樣的女子聲音。阿翔說：「把人釋放出來！」

「我需要你說出密碼，才能告訴你。」

「鍾結誼！」阿翔字正腔圓地說出一個名字。才說完，一個女人就慢慢地出現在上司辦公室的地板上。就這樣，他把幾個失蹤的女人都找了回來。她們的家人很感激警方，但是，警方實在還不知道是怎樣破案的，只能告訴他們那是機密。

不過，對那些進入過電腦世界的女子來說，這一兩天的經歷使她們流連忘返。在那個科技主導的光亮的夢裏，她們在全無黑暗的房間裏變回十四歲半，皮膚光滑，身材苗條，肌肉結實，未曾有過性行為，更違論生育了。她們的腦波顯示她們此刻完全沒有真正的男女之愛，她們的共同點是腦海載錄了幾本愛情小說，也有些愛情電影，因此她們的心充滿了對愛情的幻想。她們中間有兩個是有兒女的，但是，她們和兒女因政見不同，害怕與他們相處，換句話說，她們雖然活在親人或伴侶的陪伴中，卻非常孤單，一點都不滿足。至於父母的印象，在其腦海中已經暗淡得很，不成氣候了。如今人回到真實的世界，一下子得面對自己已經幾十歲的事實，還要倒臥在警局的地上，她們都很不開心，警署得出動資深輔導員幫助她們。AI曾告訴她們說：「只有你這樣的美人，才配得到第二次的青春。」

晶晶的感覺卻與她們不一樣。她給解碼時，剛好躺在阿翔的雙臂裏。比起她們，她對現實世界有了更大留戀和期待。就在那個光亮的房間裏，她聽見一個來自上天的聲音，祂說：「你正在經歷的就是愛。你回去，把那些失落的人全都找回來。科技無法勝過我，我是——我就是。」

從上司的房間出來時，晶晶問阿翔：「這一切，你明白嗎？」

阿翔搖搖頭。他說：「人人都說我是電腦天才，其實我懂得的才那麼一丁點兒。但我開始覺得冥冥中真的有一位主宰，祂救了你，還把一種簇新的視野賜了給我。我下午在九龍塘站外激動地喊出了你的名字時，根本不知道這就是解密的密碼。其實，這案子之前，我只記得你叫做晶晶，時常忘記你的全名，我根本算不上認識你。」

晶晶看着他，認真地說：「我叫做陳瑞晶，我想告訴你，我知道你的名字叫做方志翔。我想成為你的女朋友，從此愛你到底。」

阿翔伸出雙臂，把她納入懷中。

夜班司機

夜班司機

十一點五十分。在的士內坐了半小時的陳森午夜後就七十一歲了。他答應了家人，早上六點收工，然後和他們一起去吃早茶。他知道他們一定又會游說他不要再開車。他很捨不得，但是老伴和孩子的話也要理會。「兒子當上醫生已經十三年了，女兒也嫁給阿生十年了，你何時才肯退休？」阿生是商人，專門做內地物流生意，經濟條件比兒子更好。妻子說：「隔壁張生張太比我們還年輕一點，已經到處去旅行，連俄羅斯紐西蘭都去過了。我呢？去過甚麼地方？其實我們比他們更富裕，他們的兒子只不過是一般打工的。而且你說過七十歲就不再開車。」

深夜了。疫情中沒有甚麼生意的陳森坐在自己的車子裏悄悄流下淚來。黑暗中無人看見。因為皺紋太多，那些淚水也無法直直地滑下，反沿着他臉上細紋到處流動，整張臉都癢癢的——他不介意沒有人來乘車，他介意要離開他天天洗抹、觸摸、噴香的車子。他介意不同的乘客關上門之際時大時小的「唔該」要從此消失。他介意由另一個人來開他的愛車。他介意要和擋風玻璃後那個兒子送的十字架吊飾分離。他介意剛剛通過了健康檢查、在仍可以開車的時候就要天天待在家裏。他的倒後鏡日日調整，其實調來調去，還是那個角度，但他就是喜歡把鏡子擰開一點又輕輕扳回來的那一分鐘。他連車尾箱都打理得清潔放香。裏面有一塊淺紫色的毯子，時時清洗。每逢從機場接到客人，他必亮起手電筒，讓他們把行李箱放進去之前清楚看得見那上面的櫻花圖案。

妻常說：「你對我有對你的車子一半就很好了。」

他說：「車子不會打理自己嘛。到你動不了時，我也會這樣對你。」

妻子笑起來：「我才不要，寧願我打理你。」

但他沒想到這是否必然出現的機會。因為此刻，一個穿黑色裙子和高跟鞋的女乘客坐了進來。她戴着帽子，帽下有臉紗。她的聲音很厚，像幾十年前服用類固醇的女運動員聲線，又像給甚麼東西蓋住了上半張臉。她說：「開車吧。」

陳森問：「請問要到哪兒？」

「開車再說。」她低下頭答道。

陳森按動了咪錶，圓形的紅光就熄滅了。他拉鬆手掣，正要踏下油門，那個十字架吊飾忽然發亮。陳森很奇怪，輕輕一瞥，竟赫然在鏡子裏看見後面的女乘客的臉。那不是人的臉——那是紫灰色一張鬼的臉——陳森頓然明白了：他的日子滿了，他要走了。可惜，除了二十年前一次和妻子兒女到泰國去，他很少出門。幾年前在鄉下陽江看過了南海一號博物館，算是最開眼界的了。這樣就走，有點可惜。

「小姐，」他說：「你得說出目的地，我才開車。」

「好。」她說：「柴灣。」

陳森心裏洞明了。哥連臣角就在柴灣。他正要開車，一個老婆婆在車前推着一大堆紙皮和貨盒用慢鏡頭一樣的速度逐步地走過。陳森一怔，難道自己命不該絕？他等了一下。那個女子正垂頭在塗唇膏。他乘機開燈，貌似照顧乘客，其實他希望看看她的樣子。不害怕嗎？他問自己。不是不害怕，他是希望還有商量的餘地，好能回去和妻兒告別。燈這才亮起，嗖的一聲，就滅了。燈膽燒了。女子的面貌也只是一閃就不見了，那是個鬼的樣子，紅色眼白，灰綠的臉，皮膚猶如矽膠。她的唇膏極紅，紅得像紅墨水；唇頗大，像個甜圈。陳森小聲對自己說：「老天爺，死神原來是這麼醜的。」

「你說甚麼？開車吧。」女人催促他。

「小姐，如果你不介意。我想先打一個電話。」陳森懇求道。

「可以，你打吧，不要長氣。打完馬上開車！」他心裏納悶：不知道是不是他一開車就要死了呢？

陳森打電話給妻子。妻已經睡了。給弄醒了的她很不耐煩地說：「今天累死了，明早再說吧。」他忍不住哽咽起來：「再見。下一回，我還是要娶你。」妻子懵懂地問：「甚麼？」

背後的女客人不知何故，冷笑了一下。他收線後，想起兒女，但好像不能太過，難道要再請她讓自己再打十個八個電話給親朋好友嗎？剛要豁出去，踩動車子，一雙年輕男女匆匆又走到馬路中央來，男的還舉起手來鞠躬說：「對不起，對不起。」現在，如此有禮的後生很少見了。陳森感到死亡和生命仍在角力。

女乘客開始調整坐姿，明顯地不耐煩了。她用其渾厚的女聲問道：「你到底要不要開車？」

陳森說：「車當然要開，但也不能不近人情啊，阿婆。」

「你叫我甚麼？」

「對不起，小姐。」他開動車子，但車子忽然死火了。女乘客說：「看來真是命中注定。」她又挪動身子，身上東西嗖嗖作響。「你是故意的。」

陳森憤然再「撻火」，一腳踩下油門，把女乘客給他一扯，她的唇膏滑到漆黑的車廂地上。她猛然怒吼，叫道：「停車！」陳森聽見，趕忙剎車，又讓她幾乎衝到前面去。「媽的！你弄丢了我的唇膏了。開燈！」

陳森嘗試開燈，但燈剛才燒了。她的臉在路旁的微光中更可怕了，唇膏滑到哪兒去了？她透過黑紗射出來的眼睛的紅光盯住了他一會，他看見她唇上的紅色畫了出唇線以外。

「你弄丢了我的唇膏，要付代價！」女人恨恨地說。

「幾多錢？我賠你就是了，算是我不對。請你下車吧。」

「你還敢叫我下車？！」她一面俯身尋找，一面說：「你要我下車？你想得美啊！不到柴灣我是不會下車的。」忽然，她抬起頭來，舉起唇膏：「我找到了。看你還有甚麼藉口！」她用電話一閃，把他的資料拍了照。「陳森，」她說：「你別欺負我，我不會放過你的。」

「小姐，你到底想做甚麼，請快點動手吧。」

「我要做甚麼你敢看嗎？那你就開車吧。」

陳森知道再無法拖延了。他只好往東區走廊的入口駛去。此時，他想起兒子給他的幾首歌，都是些聖詩，他於是在上高速時偷偷按了一下，用很小的聲音播出那些詩歌。他看看女乘客，沒有動靜。她坐得直直的，眼睛好像一直在盯着他。他把歌聲弄響一點壯膽，忍不住問道：「小姐，你有甚麼話跟我說？」

她自顧自地說：「怎會和你有話說？」

陳森想着他會怎樣死。心臟病？中風？也許該把車子駛進東區尤德醫院，那麼或者有醫護經過，可以救他。此時他想起妻子放在櫃頂的一顆安宮牛黃丸。他曾問她：「為何不買兩顆？」她說：「兩人同時出事的可能性不高。到時再買。」他現在知道，不用再買了，那顆救命丸可以留給她了。

忽然，電話響起。他即時扶正藍牙耳機，像得到救贖似的，第一時間就接聽了。「阿爸，我明天七點九才到，和你飲茶。明晚你不要開工，我在法國菜館訂了位子。」女兒的聲音很甜美。「女呀，我在東區走廊，正往哥連臣角去，你一定要告訴你媽和哥哥。」

「為甚麼要告訴他們？」女兒問。

「總之做啦。」陳森幾乎哽咽了。

「哦。」女兒很乖。

女兒收線後一陣靜默。

「喂，我幾時話去哥連臣角？我去柴灣。我今天真倒霉，碰着你這個不正常阿伯。我趕時間的，我去的是東區醫院啊。」女乘客說。

陳森突然明白了。她是要去那兒取某些病人的性命的，不是要自己的。他知道後鬆一口氣，但是，為何死神也須要「打的」?

「小姐，我想問個問題。」

「我不想講話。」她說。

「那我就勸你：雖然萬事都有定數，但你可以手下留情，多點彈性、做點好事，人死之前總想和親人告別。」

女人不回答他，用手緊緊拉住安全帶，望向窗外。陳森覺得她非常無情。離開東區走廊，走到柴灣，上斜路，轉彎，東區醫院的明燈在望。他偷偷看她，發現她正用手把她的頭的上半部拿走。「天呀！」他叫起來。車子又一晃。

女聲大喝：「你在做甚麼？找死啊？」

終於停住了。他趕緊下車，跑到前面去。女人也打開車門，手上拿着鬼臉面具和手袋，她塞給他二百元，用兇狠的聲音說：「我要告你騷擾我！我一會兒還要做緊急手術，你竟然拖拖拉拉了不讓我回來工作！病人有甚麼事我可不放過你。」

陳森定定神，細看着她。她竟然是個三十出頭的女子，臉胖胖的，血色好極了。此時，一位年輕的白袍醫生走前來，一手拉住她，在她臉頰吻了一下，關切地問：「你沒事吧？」又罵陳森：「你這個變態司機！」他走前來舉起拳頭向他揮動。陳森一臉懵然，急忙逃回車上，開車走了。他沒繼續找生意，反倒直直開回家。

因為習慣晝寢，他根本睡不着。妻子的鼻鼾細細的，非常動聽。他一直躺在她身邊，想着要不要買第二粒安宮牛黃丸。她七點才有點醒轉的跡象。他看着她，恍如隔世；他伸手觸摸她，給她一手拍走。已經六十歲的她依然非常苗條，好看和熟悉。他挨近去擁抱她。這時，孩子們打電話來，說已經開始出門往茶樓，快到了。他對妻子說：「我決定退休了。」剛睡醒的妻子很驚喜，以一個老人的輕吻回報。

二人走到茶樓找位子坐下。妻看着電視機上的早晨新聞說：「其實近年怎麼跑出來個萬聖節？昨夜我看電視，那些人扮鬼扮馬開派對，心血少的會給嚇死。我們小時候明明沒有這個節的。」

彌雅的電話號碼

彌雅的電話號碼

彌雅清楚記得她小時後自己是沒有電話的。到了五六歲，想玩電話裏的遊戲時，要向爸爸借。爸爸的規矩訂定得清晰嚴格：每次借用時間十分鐘，在某種情況下不許借用——例如在酒樓和長輩飲茶時不得借用，在室外不得借用，在地鐵沒位子坐的時候不得借用，每星期至多可以借用五次，而且這五次包括打電話和接電話（後來家裏已經再沒有裝固網電話了）……這種十分鐘一回的「借」電話生涯，使彌雅特別珍惜用電話的時間，她幾乎每星期都計劃好這五次的借用時段，還鄭重要求姐姐和媽媽不得故意打電話到爸爸的手機裏找她。她們笑她，還故意使爸爸的電話必哩叭啦地響，一家人吵吵鬧鬧的，理所當然地樂也融融。

但這一切在爸爸媽媽離婚時突然結束了。之前，彌雅升上高中時，爸爸和別的女人有了孩子，媽媽決絕地提出離婚，說明要和爸爸一刀兩斷。兩個女兒都非常震驚、傷心欲絕，卻不敢說甚麼。爸爸本來想兩頭家都保全。他一直很窮，贍養費付不出，只能內疚地留給他們一個尚未供完的單位。媽媽即時接受了，咬牙打工去，女孩們也出去做家教，自己找零用錢。

姐姐那時剛上大學，須要交學費，家裏比平日緊絀得多。不過，媽媽還是分期付款買了一個新的電話給姐姐，並囑咐她在大學裏好好讀書。她本想把姐姐那個舊的留給彌雅用，但是離開了的爸爸卻偷偷特別去專櫃買了一個同款的，在學校門口送給彌雅。媽媽知道後很生氣，爸爸通過彌雅哀求媽媽說：「我怕自己再沒有機會送電話給她了——我答應過自己，她升中學我就送她一個，如今已經耽誤到今天，我忽然才發覺自己沒有多少這樣的機會了。你就容忍我這一次吧。」

媽媽嘆息着答應了。幾個月後，父親和小三移民到台灣去了。走前兩星期，父親還打來問她電話是否好用。她不知該說甚麼，只懂得自顧自點點頭。她和爸爸往日的親熱一時間不知往哪裏去了，因為她不懂得如何面對這樣的他。彌雅最受不了的是如今爸爸有了個小男嬰，一定不會像以前那樣寵愛自己了，他人都走了，這不是最好的證明嗎？

父親走後，母親那份微薄的收入，就成了全家的經濟支柱。爸爸不定期寄來的錢實在難以幫上甚麼忙。說母女三人很窮嗎？也說不上。只是彌雅和姐姐都無法參加很多課外活動。例如姐姐無法到外國去做交流生了，因為她若走了，她的幾份補習工作就沒有了。彌雅學校有好些活動她也不能參加。她有點惱恨父親，惦念之情卻更深，她更有一種淒美的想法——那就是爸爸浪子回頭，一家人恢復以往的幸福。只可惜他們沒有聯絡了——除了一個途徑：父親其實知道彌雅的電話號碼——因此彌雅特別珍惜這個號碼。

母親的輕微抑鬱總算在離婚後兩年得到了舒緩，她開始建立自己的生活。她去學黏土花和手縫布袋，兩樣都做得很好，因為眼光精到且天分高，媽媽很快就有了自己的小品牌，她做的飾物在網上賣得特別好，弄得她下班後忙個不了。晚上，她連看電視的時間都沒有。姐姐畢業後，加入了媽媽的行業，使她如虎添翼，兩人在工餘時終於走上了創業之路。姐姐對年輕人的需要有觸覺，進一步把媽媽作品的美感和受歡迎程度提升了。母女倆一天到晚在研究新的款式，彌雅有點局外人的孤獨感。這些時候，她特別掛念父親。就這樣，專心學業的彌雅也考上了大學。

一天，她從宿舍回家，抱住媽媽撒嬌：「你現在只疼姐姐，不理我了。」媽媽說沒有的事，不理你的是你阿爸。彌雅的心登時給插了一刀。五年了，爸爸從未打過電話給她。他真的還是當年那麼疼她又那麼有原則的父親嗎？

因此，接到他來電的時候，彌雅非常驚訝。爸爸如此說：「我想不到仍找得到你。」

接機大堂燈光敞亮，幾家食肆仍開着門做生意。人一批一批從海關出來，彌雅一個一個地細看，可就是看不到爸爸。她到處張望，看看時間，覺得爸爸是不會回來的了，正準備往機鐵走，卻忽然給人一把抱住。一個光頭的男人用胖胖的手臂擁抱着她。那人正是爸爸。

她呆住了。父親不但變成禿子了，還胖了許多。她激動又失望，但親情瞬間勝過一切，她一面哽咽一面說：「爸爸，我們回家吧。」可她沒記得告訴父親，她們已經搬了新家。

爸爸搖搖頭：「我訂了酒店。」彌雅看着他，一瞬間好像懂事了。她接過他手上的小行李箱一直往前推，但行李箱的輪子不斷轉向，推起來很不順利。她往機鐵走。爸爸拉住她說：「坐巴士。」彌雅有點懵了，就和他輾轉去到巴士站。

車上，爸爸不斷說着些甚麼，彌雅聽不清楚。夜色很美，一如夢幻地把她和爸爸放置於同一個空間裏。冷氣有點大，掩飾着她的胡思亂想。她很想把頭放到爸爸肩上，但是她沒有。她總覺得只有這樣正襟危坐，才對得起媽媽。車程很長，長得像一輩子，漸漸，她再也不是原來的彌雅了。巴士到了深水埗。下了車，他們很吃力地相繼推着行李箱，來到一家賓館。聖經說，人的一生只是客旅，彌雅忽然想哭。因為此話悲涼，不因為父親。

那是一家收費便宜的旅館，可幸還是有牌照的。她跟着父親走進去，接待處的女人十分禮貌地垂着頭，正眼不看他們，視他們為偷情者。這種禮儀卻冒犯了彌雅。「爸爸！」彌雅高聲說：「我不送你上去了。」父親點點頭，說：「你在這兒等我，我們出去吃點東西。」此刻，櫃台後的女子才瞄了他們一眼。莫名其妙的不正當感幾乎把彌雅吃掉。

到他們坐在一家二十四小時營業的打冷館時，彌雅才明白爸爸回港的原因。他借了些錢回來，要留在香港了。彌雅心裏湧出非常複雜的感情。她覺得那可能就是高興了。可她忍不住問：「那麼阿姨和小弟弟呢？」爸爸說：「沒了，散了。」

「不是吧？」爸爸怎麼又來一次離婚？彌雅的心湧起一陣不屑的感情。「爸爸這是為甚麼呢？你總不能經常這樣啊！」

爸爸凝視着彌雅，被肥肉進攻而變小的眼睛霎時間紅了。他臉上有一點點油光在流動，慢慢聚積在鼻子兩側的坑窪，不恰當地發亮。他的法令紋一直繞行到嘴唇底部，幾乎連合成一條。和往日一樣，他唇線明晰，但因此其顫抖也顯得過分地清楚。只見他的鼻翼一下一下地張合，鼻水一點一點給擠了下來。彌雅忍不住遞給他一片紙巾。這不是她認識的爸爸。他只是一個酣色的、有點像爸爸的潦倒大叔。

「那孩子，不是我的……」忽然，爸爸失聲痛哭，哭聲像咳嗽，又因為相貌很醜，似一個老孩子在歇斯底理地大笑，一面笑一面喘氣。彌雅非常不安，她反感地站起來想逃跑。兩碗魚蛋河忽然大力地降落，湯花四濺。侍應一陣風似的轉身而去，留下幾乎有聲音的陣風，把兩人都驚醒了。

「爸爸，不要哭。」彌雅強大的理性突然回流。她伸出手去按住他變得圓圓的肩頭，像一個老師在安慰失控的學生；但她傳遞的不是安慰，而是管理。

「我抱他、餵他，教他騎單車，為他做飯盒，送他上學，……」他說：「他媽基本上不照顧他的。我在家看孩子，她打理三家飯店……」爸爸一直說話，停不下來。彌雅不接受這樣的爸爸。他抽氣的聲音過分地具有攻擊力，冒犯了她。

「……然後，一天，來了一個男人，說是孩子的生父，你細媽竟然點頭確定了。」

彌雅瞪大了眼睛。「別這樣說，我可沒有甚麼細媽。」

「我堅持孩子要去驗DNA。他長得像我。」

「結果呢？」

「結果還用說嗎？我蠢，為了別人的孩子，放棄了自己的孩子。女兒，我對不起你們。現在，我⋯⋯我好想回家。」

「不行！媽媽不會同意，姐姐也不會。我第一個反對。」

「女兒，可憐可憐我吧。」

「不行。這對我們不公道。」

爸爸不做聲了。他用力夾起一條河粉，看着它滑下掉回熱湯裏去。

她看着父親回到酒店，升降機上樓了，才急忙「打的」回家。第二天一早起來，彌雅對着電話發呆。最後，她把電話卡拔掉。她去偷看依然熟睡的媽媽和姐姐，然後獨個兒出外，乘車來到迪士尼樂園不遠處的迪欣湖。這是不用錢就可以到達的迪士尼區。她曾含糊地告訴同學她去過迪士尼。其實她就只到過這個人工湖。

此刻風和日麗，遊人不多。她模糊地繞着湖岸踱了三四個圈。她不要爸爸找得到她。但這是為甚麼呢？這麼多年的期待，難道只見一面就夠了嗎？不，不是「夠了」，而是太多了。想起那條下墜的河粉，彌雅開始明白為甚麼有些悲劇總演不到結局；她同時在考慮另一個問題——這個電話該怎樣處置？她伸出手臂往後畫了一個大弧：她要把它扔到湖裏去。

可是，手又回到身側。她發現自己仍緊緊握着那部手機。

「我不能亂扔垃圾。」她自言自語地說。然後，她找了個可以坐下的地方，把小小的電話卡從書包的內袋掏出來，再度安放到手機裏。她查看一切的來電顯示和信息。沒有一點動靜。她開始懷疑昨夜發生的一切。父親返港了，「浪子回頭」了，他們因此就能變回她小時候那麼幸福了？當然不。多了個「陌生」男人在家，家太擠了。那個小男孩不見了父親，會怎麼樣？就是會重複自己的痛苦，而且他的痛苦比自己的更早開始。還是讓他回到台灣去「湊仔」，那才是最好的。她撿起一片碎石，扔進平靜的湖水，等待漣漪散去。她搜尋昨日通過的電話。父親的號碼仍然清清楚楚地顯示在那裏。她把電話收好，離開了油欣湖，乘車來到真正的迪士尼樂園，用補習得來的工資買了張票，進了園區，默默地排隊玩遊戲。她流着淚玩了一種又一種，把久遠的夢想逐一變成眼前的現實，然後和樂園告別。

黃昏，母親端出湯來。蒸魚的醬油是她自己調的——生抽、老抽、糖和水，特別好味道。姐姐回來吃飯。電視播放《東張西望》，一切如常，都有法度，包括安放魚骨的位置。彌雅用一個成年人的語氣平靜地宣告：「媽媽，姐姐，我換了電話號碼。」

阿黃的最後一夜

阿黃的最後一夜

街頭混雜的噪音像一片煎糊了的葱油餅，有點焦，有點油膩，也有點香。強烈的燈光是小攤子的劣質油的反光，喊叫着的嗓子是溶化了的鹽，音樂是黏糊糊的麵粉。這一片短暫的歡愉沒有營養，但能充飢。旺角正是一個洗不淨的平底鑊，等待無情的鋼絲刷來對付。行人專用區要給政府收回。政策宣佈以後，一眾街頭賣唱的歌手都有點徬徨無措，卻又因着自己給生活打磨出來的那種有一天過一天的性格，尚未打算好做甚麼。要來的總要來，他們知道既然這是最後一夜了，習慣來捧場的鐵粉也一定會到，平日少來的，也有機會出現。今夜的打賞估計必特別多，因為這是平凡的人對緣分的平凡理解，緣盡之時，不妨慷慨一點，留個記憶。所以無論表演甚麼的，今夜都很早就到了，大家都用心擺陣，攤子特別多。

黃昏之後，行人開始多得可怕，人幾乎要重疊着走路；他們從地鐵洞口走出來，走進比地鐵更擁擠的西洋菜街，使這條本來不十分窄的行車街道變成一個比繁忙時間更繁忙的巨大車廂，且一直只有上車的，下車的稀少。此刻的店鋪依舊大張旗鼓、燈火通明，顧客也磨拳擦掌、摩肩接踵地要殺掉人生掩映無定的寂寞底色。他們都是來「見證」最後一夜的。有市民拿着貴價的相機來捕捉此夜的光景，也有不住高舉手提電話胡亂拍照的，中年人拖男帶女，老年人獨往獨來，年輕男女一面親熱一面行走，每人都只用一隻眼睛來認路。表演者心裏有數，熟客更幾乎全部浮頭了。

阿黃把麥克風的聲浪調到最高，否則無法與鄰攤比拼。他和「鄰居」既愛又恨，愛恨抵消，因此不會一同吃飯，但每天都會問對方吃了飯沒有。阿黃是歌手，特色是永遠戴着喇叭帽；唱完歌，他會把帽子脱下來接收賞錢。他已經六十多歲了，但臉頰仍修長結實，估計因為一直在唱歌，臉部肌肉仍有相當的彈性，可惜他不知道那一撮小鬍子讓他看起來有一點點猥瑣，還對鏡沾沾自喜，認為這正是他的優勢。在此地收入豐富、穩定，且給他帶來大大的滿足，尤其是唱到高音之處，那種快感，難以名狀。如果政府沒有頒佈這道命令，他是絕對不會離開旺角這個煎鍋的。他認為自己到了他這個年紀，一直走下去，會越來越得人憐憫，因為人一旦過了盛年的頂峰，開始下坡，就會越來越老，到了一臉皺紋、黑白髮交織的時候，無論做甚麼都可以觸動人心，何況他聲音的蒼老是天生的？只可惜如今他只能在家裏老下去了。此刻，他滿頭大汗，扯盡了喉嚨，怎麼説都要唱完這一夜，明天啞了也沒問題。

阿黃的洋名叫做Terence，他也曾經有型過、浪漫過，甚至風流過，在嬉皮士年代蓄飄飄長髮，高中時和四個同學夾band玩了幾年，因為是主音歌手，又長得不錯，不知迷倒了多少女同學，小師妹們尤其迷戀他。那時候，他想誰來做他女友，估計都毫無困難。

樂隊裏的五個人原都是這所名校裏的同級生，但因為他們太喜歡音樂，成績不怎麼好。老師都很反對他們到了高中還用那麼多時間來搞樂隊，對他們貌似欣賞，但私下則逐個告誡，要求他們用功。可是學校裏卻只有這麼一個樂隊，老師們也沒有理由強迫他們解散。如果他們解散，群情洶湧是必定的了。

那時他們還有一個「死黨」，叫做陳多進——「多仔」，Dominic。他本來是他們小樂隊裏的keyboard，彈得一手好琴。但他說自己絕不能玩物喪志，中四起就埋頭讀書。每逢到了考試前一個多月，學校的活動都開始收爐時，陳多進就把他們五個都叫到他家去（錦田一所村屋）溫習，他把老師教過的東西用淺易的文字再說一遍，並監視他們背書，以致他們都總能升班，會考成績更可謂十分過得去，幾人一同考進了預科班，又多玩了一年多。

中七之後，陳多進考上了大學讀法律。這樂隊裏的幾人就決定把音樂帶到學校以外去——可惜他們沒有紅起來。夢想，不是肯追求就能夠成就的——社會總就此事不斷說謊，說夢想有了，其他就都隨之而來。原來，要紅起來，需要很多手續和資源。日本和韓國的少年樂隊，哪一隊不是飽經訓練、整容打針、奇裝異服、能唱能跳也能演的？「一將功成萬骨枯」倒是真理，不過，那「將」不一定是將才；他們去見過很多娛樂公司，很現實，沒有一家覺得他們夠潛質紅起來。而所謂潛質，和音樂造詣並不相關，反而與俊俏程度和身材高大有關係。

後來隊員一個一個地離隊拍拖，結婚生子，或隨家人移民他去，小樂隊才不得不結束。他們只保持着最低限度的聯絡。阿黃的最好朋友史提芬的主音吉他送了給姨甥；在加拿大，他是大巴士的車長。鼓手阿詹呢？據説每次拿起筷子來敲打飯桌都給老婆罵，他現在是一人裝修公司的創辦人兼老闆，每逢思考，就用手指打東西。低音吉他手阿金如今在琴行教學——教樂理和公文數，因為很多人不知道甚麼是低音吉他。他身光頸靚，收入卻最低。不過他娶了後來加入的keyboard手阿真，她教琴的入息不錯，二人經營着一個小康之家，也頗為快樂。沒有人知道的是他們其實也都在旺角街頭遠遠看過阿黃的演唱，並且偷偷抹眼淚，但大家從未相認。

預科畢業後，剩下的阿黃一直「堅持夢想」，掙扎着想經過酒吧進入娛樂界，可是許多年過去了，他從一家酒吧換到了另一家，英文歌隨着香港英語水平的高速下滑漸漸不再流行了，粵語歌曲取而代之，他這才嘆了口氣，決定放下身段，到旺角來播音樂自唱，小本生利。從那時開始，他的生計穩定下來。阿黃來到旺角「打墩」之時，已經四十幾歲。他把自己的賣唱生涯放到網頁上，不知何故，粉絲數量又重新多起來。不過，他們都不再是以往的在學少女了，而是無數的基層大媽。

今夜阿黃唱了好些歌了，神不傷、氣不喘。他正想去調一下音樂伴奏，背後赫然響起來一段吉他前奏。他回頭一看，一個人走進了表演圈裏，那不正是史提芬嗎？他的臉胖了，頭髮少了，鼻樑上架着一副大大的膠框眼鏡，估計是漸進鏡。他仍然是個頗為高大的身影，手上的木吉他正在奏響喜多郎作曲、鄭國江填詞和梅艷芳原唱的〈似水流年〉。阿黃和他的眼睛一對上，就懂得了。他走過去，在圍觀者的歡呼聲中拍拍史提芬的肩頭。他何時從溫哥華回來了？阿黃不知道，但他今夜確實就在身邊。剛開始要唱，一雙男女也走了出來。男的帶着低音吉他，已經加入彈奏，女的剛好開腔。阿黃很吃驚，他一眼就認出這兩人來。阿真仍很瘦，她塗了唇膏的嘴巴湊過來，阿黃馬上把麥克風放到兩人中間。「望着海一片/滿懷倦/無淚也無言……」阿真起了頭，阿黃就接續：「望着天一片/只感到情懷亂/我的心又似小木船/遠景不見/但仍向着前……」觀眾大呼，拍手，搖擺身體，氣氛一陣高潮，然後靜下，由得擴音器彈跳出低音吉他渾厚的弦音。阿真拉着阿黃的手，一面唱一面看着他，漸漸流下淚來，淚水滑到化了妝的老了的臉上，使阿黃也幾乎忍不住。阿黃拉過很多女孩子的手，阿真的卻從未拉過，她的手一向專屬阿金。唱過一段，進入副歌，阿詹竟然帶着搖鼓冒出來了，圍觀的街坊也加入合唱：「留下只有思念……」阿黃賣唱幾十年，氣氛從未如此熱烈，也從未如此使人傷感。此時，一個小個子攝影師從人群中鑽了出來，對準他們的臉拍攝。他的鏡頭很大，大得幾乎把照相機完全擋住。他的頭髮全白了，眼鏡甚厚，人不高，又蹲得特別低，因而格外惹眼。「多仔？」阿黃叫起來，另外四人也和應着，一同走向他。

那人伸出一隻手，打了一個手勢，意思是「等一下，讓我先拍照」。幾人就馬上「丁」字腳，不用兩秒，就甚有默契地擺出他們七十年代最「型」的姿勢來。觀眾又一次尖聲高叫，這是一隊完整的樂隊呢！這時候，多仔的相機不斷響起了快門的聲音。最後，他放下了照相機，讓它自然垂掛在頸項上。他走上前去，六個人非常濫情地擁抱在一起……

小時辰到了，觀眾漸漸散去，街頭開始變得蕭條。阿黃從歌詞裏回過神來，已經滿臉都是淚水。一位穿着涼鞋的、好像中過風的胖太太蹣跚地走過來，遞上了一片紙手巾。阿黃接過抹淚，那位太太說：「保重啊，阿黃，天下無不散之筵席。但願有緣再見。你一個人唱了一整夜，太辛苦了。」說完，她放下打賞，也轉身走了。阿黃知道她是熟客，今夜一直未曾離開。他很想說一句謝謝。可惜他已經沒有聲音了，那句話像空氣一樣，從心底出發，最後仍飄回心底，如同燈光和友誼之生滅、人之生滅。他垂下頭，熟手地把麥克風關上。

神蹟

神蹟

「追求穿越時間、往訪過去或未來是一種貪婪，就是貪心分外的時間和知識；想預知未來且試圖將之改變，或者覬覦分外的靈界空間，都十分危險。」江君強牧師對老朋友雲子健說。

在神學院教學的江牧師的眼鏡是漸進的，因此他看雲子健的時候，自己的下巴稍微壓下，露出慈和的笑容。他透過眼鏡的高光看着老朋友。他杯裏的咖啡尚餘一半。五十多歲的人，看來依舊年輕，不胖，臉部肌肉不鬆弛，只是頭髮有點白，透露了他的年紀。

雲子健是科學家，但不完全是科學家；他心裏清楚知道，貪婪，知識上的貪婪，學術上的貪婪，正是他一生成就的動力。這個老朋友確實理解他，每句話都衝着他說。

他用小瓷碗的蓋子撥開他自己帶來的大紅袍茶葉，把茶倒進更小的杯子裏。他覺得世界就像一個小杯子，有形狀，有邊界，但知識遠超過這邊界。江牧師似乎比他更胸有成竹，這可是他接受不來的。雲教授是他的大學同學，兩人讀完了醫科，一個去了當傳道人，一個做了大學教授。兩人斯文而力度相當的辯論進行了四十年，未分勝負。這是他們的共同宇宙。兩人都暗想，如果他死了，我也沒有甚麼生趣了。

「那麼說，人如果有辦法且實際上得到了『額外』的時間和空間，就是冒犯上帝的事情了？還是，這指出了靈界的存在或時間旅行的可能性？」雲子健問。雲教授每每使用這一類問題把學生弄得神魂顛倒。人人都以自己當過他的學生為榮。

「其實我不會這樣說。聖經裏就有很多穿越時間看見將來的例子，例如《啟示錄》裏的作者約翰——也就是寫《約翰福音》的人。他是耶穌的門徒，也曾去到未來，看見了世界末後的景象。最有趣的是，當年被擄到巴比倫去的但以理，看見的景象和約翰所見的互相呼應。」他說：「這些經卷，你也不是不熟悉的。你聖經不是拿A的嗎？上帝賜給眾先知此種特異能力。看得見未來，甚至身處未來；在我看來，這都是屬靈經歷——也即是說，靈界存在。而在上帝，靈界的現象也可以是科學的現象。上帝掌管一切。」牧師繼續：「但是，對於預知未來的欲望，我有點個人看法。」

「好奇？不守本分？」

「小雲，兩者都對，但未說盡。追求靈界而不問其源，大有可能把自己放到被騙甚至被擄的境地上。危險哪。鬼附現象，比比皆是。我日常的工作包括趕鬼。」老江和小雲其實是同年生的，不過彼此叫慣了，也就老小不分。

「誰騙人？騙我的人一定大有目的。」雲教授敏感地笑了，他是個精瘦而高挑的男人，戴近視眼鏡，頭髮既多且黑，眼睛因為給眼鏡的玻璃圈子困在中間而變小。他臉色蠟黃，但精神極好。

「不錯，一定有目的。然而那是甚麼目的呢？則很難說。聽見過墮落的『守望者』嗎？」牧師道。

「當然聽過。那些從黑門山降落人間的二百個背叛天使，他們還各有名字和專長呢。我卻認為他們可能正是坊間所說的外星人，給我們帶來了蘇美爾、埃及、瑪雅、印卡等文明。或可以說，這些知識豐富的外星人給說成不守本分的天使了。我恨不得接觸他們。科學家的工作就是要不斷把歷來撥歸靈界的領土搶回現實世界。事實證明：多少迷信因此破除了。」

「我認為事實剛好相反。很多看來屬於物質界的東西，其實都由靈界勢力操控。否則你怎樣看諾查丹馬斯和那個十幾歲就在讀博士的印度神童？光明會卡牌上的預言又從何而來？他們的世界沒有我所信的上帝。對，我們看法有終極的分別：到底有沒有上帝。」

「即使有上帝又如何？我認為祂比所有人開明，會賜福給科研人員。」

「從某個角度看，他賜福給天下人。馬太福音說：『祂叫日頭照好人，也照歹人；降雨給義人，也給不義的人。』不過，科研的目的是甚麼呢？為人類謀幸福（例如醫學）？還是賺錢（例如醫藥公司）？還是滿足個人的驕傲（如雲兄你）？還是純粹興趣（喔，找不到例子）？」

「老江，別說我戳破你。你做牧師，也不過想將來得到上帝的獎賞——你稱之為冠冕那些榮耀，同樣是虛榮；我們賺錢，得聲望，也只不過把獎賞提前到現世來享受——不過，我未必沒有你將來的獎賞啊。」

江牧師一時為之語塞。不過，他們沒吵架，多年來，二人都是這樣談話的了。畢業三十六年，都沒有真正的吵起來，那是因為能夠這樣談話的朋友真的不多，連老婆都不能如此交心。牧師把他的杯喝盡，提杯致敬。

「船到了。」二人站起，走進了上船的通道。就在駛往澳門的船上，兩人都睡了一覺。

到達時天已經盡黑。二人「打的」到了廣州大酒店（真是的，明明在澳門，竟起名「廣州」），它果然漂亮得無與倫比。這幢建築呈長三角形，較窄那邊的正門寫着「娛樂場所」幾個字。所謂娛樂場所，也就是賭博的地方。從這邊看，它非常地奪目，所有外設的燈光都是白光，照着粉綠色的牆和純白色的簷內天花及柱子，猶如翡翠配鑽石，簡直使人歎為觀止。古典風的窗子露出的則全是暖棕色的燈光，配合起來，更給人古雅的感覺。這麼美的建築，澳門才有，香港少之又少。

雲教授一口咬定，這個賭廳的大門，正是進入過去空間的入口。

「何以見得？」江牧師問。

「問我，不如你自己進去看看。記得拍片。」雲教授很強調證據的蒐採。

兩人站在離開那大門七、八米的地方。雲教授開始安裝他的錄像機腳架。江牧師要接受挑戰——雲教授肯定江牧師將會在八點正到八點十分內進時親身經歷到時間旅行的奧妙。雲教授言之鑿鑿，嘴角充滿自信的詭異微笑，江牧師則戰戰兢兢，謹慎地在心裏禱告。但是，他不知道該怎樣禱告。他求上帝保護他，只讓他看到該看的東西。

「還有十一分鐘。」江牧師說。

「是，我們等一下。」雲教授回答：「八點正，我開始在門外錄像，你就推門走進去。我會做證人，證明你出入都是在 2018 年的今天。」

「好極了。天父與你同在。」牧師祝福他。

「與你同在。我可不必了。」教授也祝福牧師。

「五分鐘內，如果你不走出來，我就進去救你。」雲教授說：「如果我們都出不來，總會有人看見此地的一大堆攝錄器材的。到時聽天由命。但是，如果你真的看見了二百年前的古裝人，出來一定不准說謊！」

「絕不說謊！」江牧師說。「我還會用電話拍照給你看。」

二人都熱切地等候着，江牧師神情凝重，雲教授嘴角微翹。八點正了。錄像開始。牧師往大門走，推門，進入了雲教授所說的「時空交換地」。雲教授一直堅持：八點正到八點十分，酒店此處的入口就會變成通往二百年前葡萄牙一個宮廳的大門。

這講法，雲教授是從哪裏聽來的？不是聽來的。他從未聽過，只是他安排了一個局，就是用重金租下了那個廳子，又僱了演員來演戲，他要看看牧師怎樣為上帝「解話」，他要研究的不是時空交錯穿越的問題，而是一個牧師會不會因為一次奇特的經驗而改變他的信仰。換句話說，雲教授這一次的研究對象是神職人員的心理狀態，而非時間旅行。他不怕江會生氣。多年來，江都沒生過氣——值得一博。

三分鐘後，牧師出來了。他微笑着說：「裏面就是現代賭場啦，只有大陸人和港澳人。」他拿出手機來讓雲教授看他拍攝的照片和視頻，視頻上標明了時間。雲教授一看，大驚失色，照片和視頻全都真的是剛才拍的，沒錯，就是平日的賭館啦！那麼，他僱來的古裝團隊呢？他鐵青了臉，丟下錄影器材給牧師看管，自己衝進了室內。

他進入的瞬間，幾乎叫了出來。他僱來的演員團隊十幾人全部都在，都穿着古裝，正在演戲。佈置也正是葡萄牙二百年前的宮廳，演員都誇張地在斟酒、飲酒和賭錢！他們見老闆來了，就說：

「我們演得怎麼樣？剛才你說的那個人真的進來了，他還用手提電話拍了好些照片，逗留三分鐘左右就出去了。」

妝容

妝容

(一)

好久沒答應參加婚宴了。這一夜很冷，卻是上司嫁女的大日子，芷瑗出席了。午夜同事把當晚的照片發過來，芷瑗嚇了一跳：她站在一大堆人中間，非常突出，她的臉像一個鑲在大學禮堂的紋章——大紅大紫，粉白處顯出死人的冷光，嘴唇紅得像剛吸過血的殭屍，顴骨偏向橙棕色，眼睛比正常人幾乎大一倍，整張臉看起來像紅綠燈，化妝竟然比新娘子的濃得多。女同事們更不用說，她們簡直是素顏組織的鐵粉，個個剛去遠足似的半休閒打扮，閃光燈下毫無粉黛顏色。怎麼搞的？早上不過略施脂粉，這是她的日常操作，就像刷牙一樣，十幾分鐘就完成的妝容，為何顯得如此誇張？她才三十幾歲……她挨着女同事站在幾個男人中間，五官顯得分明和虛假，像電影裏的鬼魅。她把照片拉大，影像變得模糊，那種詭異的味道更甚。芷瑗沒給至祥看，他卻瞥見了。別過臉去敷衍地說：我睡了，然後去刷牙。芷瑗靜靜刪除了它，走進睡房卸妝。她看着梳妝枱的鏡子，慢慢抹走臉上的東西。這是假日，本來是不用化妝的。至祥沒看她，只是工整地睡在床上，與她形成直角。

芷瑗家裏沒有兄弟，只有三個姐姐。產房外的父親，每一次都極度失望，他把她們的名字依次起做子孝、子奉、子愛和子援，其實他這種遺憾裏不無父愛——他無子，卻希望孩子們都能生出孝順的男孩。提起自己既老套又古怪的名字時，子孝最惱火，子奉和子愛不作聲，子援也沒說甚麼。她總覺得自己的名字很男性化，為此深感無辜，彷彿因而就無法得到男性的愛。父親也不知何故比較偏心，吃飯時總把最好的菜夾給大姐，說：「這好味。」然後他會用筷子指指那碟冬瓜炆鴨，對二姐和三姐說，「這也好味。」最後他會看看唯一考進了大學的子援，好像在說：你那麼聰明，該會自己夾菜了。

子援正是令老父最後變得心灰意懶的女兒。媽媽說，當時因為家境窮困，他看着被迫餵人奶的妻和不得不吃人奶的幼女狠狠地抽煙噴煙，徹底放棄了追生兒子的念頭。母親和她漸漸給推到家庭的邊緣，她也成了父親最後的負擔。他對幼女比較冷淡，也相當客氣，但這是非常恐怖的。在當時小得像車廂的廉租屋裏，子援和父親總會下意識佔據着和對方距離最遠的位置。父親從不正眼看她，和她說話時像在宣讀國情咨文，人人都聽得見。二姐比她更不喜歡父親，總躲在他看不見的角落，以致父親最常說的一句話是：「阿奉在哪裏？又沖涼？」

在蔗渣板圍成的小房間裏，四姊妹睡上下雙層床，一鋪二人。父母則睡「廳」裏。後來，大姐和三姐突然在同一年出嫁了，家裏才多出了空間，留下的兩姊妹會談談話，父母也因逐漸年長而消了火，吵架少了，彼此扶持多了。他們也沒要求女兒讓出房間來。子援和二姐子奉漸漸變得親密。子奉出來打工，在一家律師行當文員，每天都化妝。一個星期日，子奉起床後仍然在仔細地在畫眼線。子援坐在床上攬住被子，定睛看着二姐細緻的動作。她的手很穩定，眼線的尾部尖尖的，畫完了，二姐本來水平得很的眼尾顯得稍微往上翹，裏面有一種奇異的驕傲。

「不癢的嗎？不怕髒嗎？手不震嗎？」子援明知問題很幼稚，卻仍問了。

那時她剛升上中六。子奉聽了，頭也不回，只說：「你走在街上，覺得上了妝的女人髒呢，還是不化妝的髒？」子援聽了，有點恍然大悟的感覺。她緩緩湊過來，定睛看着二姐的手勢。她問：「這是星期日啊，你又不上教會。」二姐放下眼線筆，轉臉看過來。在不強的燈光裏，她顯得明艷照人。「化妝等如穿衣服。你不穿衣服會上街嗎？要是上教會更不用說了，誰會光着身子去見上帝？」

從此以後，子援就用零用錢買化妝品，開始化妝上學了——先是眉筆，繼而是透明的粉紅色口紅。子奉教她如何讓自己上了妝仍看不出來。她試了兩星期，一點一滴地把脂粉的分量增加。掠過母親出門的時候，母親沒看出來。只一次，一個格外殷勤的男同學在小組討論時說：「你這幾天特別美呀。」子援說：「睡飽了自然就有好臉色。像你？吸毒的樣子。」男同學一驚，表情立時如花凋謝，不敢再問下去。子援很敏感。這傢伙難道真的和毒品打交道？從此之後，她的膽子大起來，妝漸漸濃了。有了經驗，她開始發覺女生們冒着犯校規之險化妝上學者多的是。但她心裏仍有點擔憂：眾女老師也打扮多年了，難道看不出來嗎？一天，同學惡稱「粉人」的Miss Chan向她嫣然一笑，還刻意撥撥額前的劉海。子援馬上明白了。她跑到洗手間，果然發現自己額頭上粉塗得不均勻。

(二)

她在高考後放長假，出來打工，收到的第一筆工資就拿去把身份證上的名字正式改為芷瑗，更配上洋名Joanne，終於，她覺得自己是個完整的女孩子了。二姐說她聰明，也學着把名字換為梓楓，使它和Josephine更相稱；她說需要脫離父親老套古怪的期望，而且有玄學師傅說木頭有利她的婚姻家庭。梓楓後來嫁了個律師，就沒再上班了。但她打扮得更亮麗，化妝術非常高明，除了芷瑗，沒有誰懂得如此有層次有理論地欣賞她的臉。研究化妝，成了姊妹倆最愛做的事。只是梓楓每次回家，手上都只拿着個能折疊的不織布購物袋，而她平時用的卻都是昂貴的名牌手提包。這個細節，在她與芷瑗之間劃出了第一道細痕來。梓楓向父母投訴，說丈夫和婆家對她刻薄，家用一切由婆婆打理，她只有少許零用，她都拿回來給父母了。「可恨我只是個女子……」她說笑似地嘆氣，眼睛放空，沒有淚水。爸爸媽媽從不說甚麼，只一味地安慰她，有時甚至供應她。只有芷瑗看得出她的化妝品有多名貴。梓楓對妹妹卻是極好的，她不時把年輕律師介紹給她，還常常說起幾年前同住小房間時的親密光景。有幾次，梓楓偷偷送來幾種名牌化妝品。她把它們放在一個破舊的紙袋裏，囑咐她收好，必要時才用。芷瑗同時感覺到姐姐的自私、操控傾向和對自己的感情，有點不知所措。

大學二年級時，一個偶然的傍晚，芷瑗發現母親日見消瘦。那時，她正在小廚房洗菜。黃昏的亮光從小窗射進來，剛好落在母親的側臉上。芷瑗看着她，發現自己正在想：這是一張長得極好的臉呀！挺直小巧的鼻子，略長的人中，開闊而圓潤柔和的額頭，細長的笑瞇瞇的眼睛——這一切，佈置出一個大美人來，自己和母親很相像，尤其是眼神。只要用點BB cream，畫畫眉就會變得很美了。

爸爸洗碗的時候，芷瑗勉強媽媽坐下來，束起了她的長髮。她按着媽媽的肩膊，讓她安靜。然後她拿出一面案頭鏡子，放在她前面的摺枱上。

「你這是要幹甚麼呀？」

「不過玩玩嘛。媽，你別管我，讓我給你打扮。」

在廳上慘白色的光管下，母親臉色偏黃，顴骨上有小斑，五十歲的臉顯出六十歲的滄桑來。芷瑗把自己的臉貼在母親的右側，一同看進鏡子裏。

「媽，你想跟我一樣好看嗎？我幫你化妝。」

「傻瓜，我老多了。」

沒想到父親從廚房走出來，說了兩句出人意表的話：「過幾天不是要跟親家飲茶嗎？不妨試試呀。」

得到父親的首肯，母親笑了。芷瑗就逐步做起來。她改變了母親的臉色，抹去了她微細的皺紋，吸去了她鼻頭的油，補充了她疏落的眉毛之間的空隙。在她鬆弛的眼皮上她加上了眼影，讓眼睛變成了清晰的美目。最後，她竟然還從房間裏拿出的一個假髮來，把母親的白髮一下子蓋住了。一個四十不夠的女子模糊地出現在鏡子裏。母親定睛看着這一切發生，竟流下淚來。父親趕忙說：「玩夠了，玩夠了，媽給你弄哭了。」

「不，」媽說：「親家每次出來飲茶，也化妝。來，湊過來看看。」父親把頭湊過去，鏡子像個小小的鏡框，放着一個頭髮花白的男人和年輕妻子的照片。

「人家還在上班啊！」父親的反應很不穩定：「不過，隨你吧。」他竟然也在笑。到了第二天晚上，當芷瑗把染髮劑一點一滴揉到母親的頭髮裏，父親呆呆地站在燈光薄弱之處，說出難以理解的話。「就只剩下你了，阿援。」

(三)

芷瑗畢業那年，母親因癌症走了。棺木送到殯儀館的時候，遺體化妝師在母親消瘦得只剩下骨頭的臉塗上了可怕的粉白和鮮豔的口紅。爸爸一看就呆住，咳咳地大哭起來。芷瑗等他的情緒過了，才把他扶到外頭，讓他在幾個姐姐和姐夫前面坐下。偌大的殯儀廳裏排着隊鞠躬的人大都不是母親的朋友，而是幾位姐姐、姐夫的同事和相識。三位姐姐都化妝了，二姐依然很有技巧，雖然淚水汪汪，但臉色粉紅，嘴唇閃亮。只有芷瑗今天沒有化妝。她並非特別孝順，只是拿起眉筆粉盒，就想起給媽媽打扮的那個晚上，如今看着媽媽臨別的可怕妝容，不知不覺間竟有了僭越的內疚。這是感情反應，毫無道理。畢竟，多年以來芷瑗沒化妝的就只有這個晚上。

出來工作了，妝容幾乎成了芷瑗的終極關懷。她不想像母親那樣，一生都沒美過幾次。坐在二姐當年用來化妝的書桌前，芷瑗覺得梓楓的鏡子太小，且又崩了一角，就把它扔掉，再買回一個高質的。沒想到父親把它撿回來，還用皺紋膠布把它修理好，放在他自己的枕頭邊。它曾經照過母親那一夜的美貌，為父親成就了一種朦朧的同在感。

日子過去，父親老了，梓楓生了兒子，肆意嬌縱着，她自己也逐日發胖，再不是當年那個美艷的二姐了，芷瑗漸漸自覺超越了她，覺得她變得太懶惰，只知道放下韓劇就匆匆忙忙趕到幼兒園接兒子，然後帶他去吃下午茶，平白多吃了一餐。有時她臉上脂粉亂塗，還習慣戴誇張的圓形耳環，像個大媽。

但不知何故，一個平常的親人相聚的周末，就在芷瑗下意識摸摸自己的黑礦石小耳墜時，梓楓即時察覺到芷瑗這種出師無名的傲慢，姐妹中間忽然橫架起一個蕭索的秋天、一段漸冷的距離，二人零星的對話裏只有幾片黃葉墜落觸地的聲音，或一些不相干的電話信息的微聲。就連梓楓熱心介紹給芷瑗的事務律師駱至祥，她也忽然想「回收」。這段日子，芷瑗正和至祥約會，但梓楓找機會對他暗示：我妹妹越發虛榮了，也沒有了以前真心，證據是最後這句話：你見過她不化妝的樣子嗎？

當時至祥沒回答她。他想起她們母親的喪禮：那天晚上，芷瑗沒有化妝，頭髮有點淩亂，淚水卡在眼眶裏沒掉下來。他覺得她樸實堅強，且比三個哭着的姐姐更真實。他就是在那時開始喜歡她的。

這一次言語試探之後，梓楓發現至祥沒有給她充分的回應，一股熱氣開始從她心底冒出，除了兒子，至祥忽然成了她生活的焦點。她在大房子的陽台上養了幾盆心愛的花，這些天竟然都忘記了打理；它們仍然活着，是因為四歲的兒子每天叫他親愛的工人姐姐澆水。梓楓愛上了至祥，以致丈夫同樣搞上了年輕的工人也不覺得甚麼，大家相安無事，生活愉快而刺激。她不再懶惰了，開始控制體重，做運動，買衣服，重新投入最尖端的化妝技巧，然後在至祥有機會出現的地方翩然飄過，像大舞會中一陣可以預期卻又似有若無的香水味。

她沒想到，至祥不慎低頭避了她一眼，就已經神魂飄蕩，身體出現強烈的反應。他嚇了自己一跳，為了「定驚」，翌日就買了戒指向芷瑗求婚，而芷瑗也哭着答應了。她比他更早嗅出了身上的血腥味，為了止血，她用感情的定案狠狠向梓楓劈下一刀。在一月舉行的婚禮，細節使人厭煩，至祥和芷瑗都累得想死。奔波過後仍是隆冬，停火養生的姐妹和至祥基本上喘了口氣，但三個人都醞釀着一場激烈的好戲。然後，春天的火焰像木棉樹那樣燃燒起來。脫光了葉子的梓楓和至祥變得一身通紅，路過的人也知道他們在開花。

芷瑗卻是有備而來的，她早就預期了離婚這結局——雖然她知道至祥和梓楓只是落進了季節的衝動，這不盡是意志的選擇

——但如今自己和丈夫睡在同一張床上，感到床仍在一個噩夢裏猛烈地搖。其實房間很平靜，夫妻倆各自擁抱一張絲棉被。他們的身體不再接觸。這一夜，本來可以安穩地向明天航行。白天一到，他們就可以白頭到老了。

可惜此刻的她在被窩裏熊熊地燃燒着，因為她能想像梓楓和他在陌生的床上所做的一切。她想像到他的尷尬，以及梓楓不脫色的裸妝和她洗澡後再塗上的香水。芷瑗無法辨識自己複雜的感覺，內心的惡念蜂擁而出，包括對梓楓的兒子的咒詛，但她的毒恨卻給自己重重地壓抑着。黑暗中，這床好像也隨着那另一張晃動不休，想像中，至祥和二姐纏綿下去，她的愛恨生死也在自己的胸脯上脹滿、爆炸、燃燒。她咬牙切齒地壓下喉嚨裏的一切聲音，淚流一臉，身體顫抖如給砍了一刀卻尚未斷氣的魚。

忽然至祥伸出手來，伸進她的被窩裏，細細地碰碰她。她反應極大，整個人跳了一下。至祥即時挪開了手。他也躲回自己的被子內，說：「你很累嗎？」芷瑗不能作答，怕他聽出她在無聲哽咽，也知道他清楚自己沒睡着。她只好用衣袖抹去淚水，然後伸出手來給他。他握着她的手，順勢把她扯進懷中。他開始摸她的臉，細細地吻她。這是很久都沒出現過的溫柔了。她感到自己的臉很清潔，因為剛才抹去淚水時，連護膚品都抹走了不少。

「我不要有孩子。」她忽然明白了，推開他說。

他停住了。「有甚麼問題？我們有經濟條件。」

「我知道。但我不想要孩子。」她說。其實她在想：「有孩子就不好離婚了。」

「連梓楓都不怕帶孩子，你怕？」他衝口而出地問。然後他暗暗意識到這問題出賣了自己。那幾次，梓楓都沒有要求甚麼避孕措施，可幸他每次都做好了預備。但他和芷瑗是夫婦啊。這令他很懊惱，兩人的身體在寒冷中索然分開了，一時間卻都不覺得冷，因為大家都在生氣。他開始認為他和梓楓的出軌行為是應該的，因為芷瑗可能正如梓楓所說的對他虛情假意：結婚，只為了打贏一場仗——勝過梓楓，否則她不可能不想要孩子。

芷瑗終於忍不住了。她小聲說：「那你讓梓楓給你生一個吧。」這是挑戰。

他愣住，卻又好像已經等待這一刻好久。兩人躺在床上好一會兒沒作聲。幾十秒後，他說：「你早就知道了——卻由得我們？」

「我們？我們……」芷瑗細細地說：「我，由得，你們……我錯了？你們已經那麼親密，我和你還可以走下去嗎？」

至祥開始思考芷瑗如何狡猾地把他領入「不得不離婚」的境地，這證實了他的猜想。他咬緊牙關，問：「你打算怎樣？」

芷瑗搖搖頭，終於哭了，並且給他出乎意料的理性的回答：「你們的事，我可以容忍；但在我爸爸有生之年，請不要拋棄我。你和二姐，也不要給他看見。父親死後我才離開，可以嗎？那時梓楓的孩子也長大了，你可以和她結婚。」

至祥很驚訝。他坐起來，一手開了燈，一手牽開了芷瑗的被子，伸出手來要打下去，卻發現她一臉淚痕。她瑟縮在床上，兩膝屈起，雙眼皮開始腫起來，像一個小女孩那樣，嚶嚶地別過臉去，好像已經習慣了且等待着被掌摑。至祥的手像失去了空氣的氣球，霍然垂下。他看着她，看着沒有化妝的妻子，心裏生起久違了的憐惜和保護，就像在岳母喪禮上看見的真正的她那樣。他俯身把她擁在懷裏，也制止不住哭起來。然而即使在這個動情的時刻，他依然無法擺脱梓楓的身體。梓楓黏在他的皮膚上，像一種洗不掉的粉底，使他的慾念集中到某個器官上。他是受害者，也是魔鬼，是被虐的一方，也是攻擊的一方。在接下來的一小時裏，他分不清自己正在和哪一個身體連結在一起，也分不清感情的表達和慾念的追求。他感到刺激，也異常恐懼。床布皺成一團的時候，至祥和芷瑗都失控了。

他們過了兩個多月才曉得，兒子將於年底出生。

(四)

梓楓離婚了。她抓住了丈夫和菲傭通姦的證據，分到了他大筆財產。孩子歸她，因為丈夫根本不想和她爭。至祥始終沒完全離開梓楓，芷瑗也沒完全離開至祥。這大概正是他後來開始酗酒的原因。剛到五十歲，他就死於肝癌。喪禮那天，芷瑗連哭的感覺都沒有。她上了淡淡的妝，牽住十八歲兒子的手，清新貌美，楚楚可憐，看起像他的女友而非長輩。梓楓來時也帶着她胖胖的滿臉鬍鬚的兒子，但她的眼睛腫得厲害，雖然上了濃妝，還是非常憔悴。姐妹倆對望了一眼，一息間連接上了，就像共用化妝品的少女時代。忽然，家屬座位那兒傳來不合時宜的老人嘶啞的哭聲，使整個靈堂的人都毛骨悚然。本來長輩是不該到後輩的喪禮上來的，但八十多歲的父親畢竟來了。他哭，不因為女婿走了，而是因為他心裏有說不出的內疚。他知道兩個女兒和至祥的關係，痛不欲生，卻無法改變事實，於是也恨不得他早死——然後，他真的死了。他只是覺得自己對女兒的祝福其實都是咒詛。他祝福她們有兒子孝順敬愛、奉養支援，卻沒想到這意味着她們不過中年就真的只能帶着一個兒子寡居於世。

此時十幾人組成的詩班開始唱詩歌了。臨終信了基督的至祥，其實和他們一點不認識。他只認識醫院的院牧。他曾問院牧，怎樣才可以得到原諒。院牧好奇地問，得誰的原諒呢？至祥說：自己的原諒。牧師見他虛弱，沒再追問，只說：好，我為你禱告，求主原諒你。沒有人知道，芷瑗在病房外聽到了：他竟然只覺得對不起自己，她本來想送出的終極的饒恕因此縮回肚子裏去。

梓楓趕到，至祥已經昏迷。公立醫院外面的空地上，芷瑗對她說：「他求我原諒他。」她說完，就狡猾地笑起來。梓楓哭道：「他還說了甚麼？」芷瑗答：「再沒有了。啊，對了，他還說……想喝家裏的綠茶。」梓楓聽了，哽咽不止，又拿出紙巾來抹淚，然後往手袋裏掏。猛不防芷瑗比她快，遞來了一面小鏡子，讓她補妝。「謝謝，」梓楓說，對着鏡子抹去從眼線流下的黑色的淚水。「這個不好，會脫色。」芷瑗把鏡子再往梓楓面前送：「買錯了。」梓楓整理着自己的臉，加了一句：「只是這種東西不好送人，也只求把它用完。」

她們不知道，至祥就是在那一秒鐘忽然斷氣的。護士從窗子看到她們仍在，就跑下來通知她們。但當她走到兩個樣子極度相像又上了濃妝的女人面前，忽然不知道誰是駱太太。日影漸長，陽光落在護士年輕的臉上，她越發看不明白了。

醫務所

醫務所

雨來得快，維明從地鐵站出來，彌敦道上面的天空已經變成紫黑色，閃電的白光橫過本來青藍的天空，像一隻巨大的眼睛赫然失去了眼珠，只餘下發光的血絲。城市充滿霧氣。兩秒鐘後，啪啪巨響從水泥地反彈到耳朵裏，維明感到自己聾了幾秒鐘，腦袋裏的神經一齊彈跳起來。馬路上的人奔走着，未幾，路面清空了，只剩下幾張狼狽的傘。躲避不及的都疾跑到商店門前的小簷篷下，或貼牆擁擠在一起，通衢大道在雨中更顯兩極。趁着綠燈閃爍，為了不遲到，他奔跑着過馬路；他只有一個目的，就是要趕到醫務所去。當下，一個高小年紀的孩子迎面而來，撞在他身上，兩人都因此停了一下，淋得更濕了。

「舅舅！」孩子大叫起來。他一手抓着孩子的書包，把他拉回起步的地鐵站口，將孩子往裏面推。他們和一大堆沒有傘的人糾纏在一起，叫罵聲中，他把外甥扯回地鐵大堂。

「這麼大的雨，查理，你在這裏幹甚麼？」

「我放了學想去找爸爸。我知道他下午休息，想和他去吃飯，然後一同回家。可是他說他約了你午飯，讓我獨自回家。其實這兩件事沒有關係。我很久沒跟爸爸吃飯了。」有點胖的小查理鼓着腮說，好像在責怪維明。

維明掏出毛巾給他抹頭髮。他是用一張紙巾也會內疚的人。查理一手推開他的毛巾。「舅舅你沒有紙巾嗎？」

「沒有。」維明說。

「那邊有便利店，你去買。」查理全無皺紋的胖手指指向商店那邊。幾個人正在便利店前排隊買傘。

「查理，這樣不環保。」

「舅舅，你知道為甚麼有人會養雞養鴨子嗎？那是因為有人吃，才有人買。你不買紙巾，誰會去種樹？」

維明一時語塞，他很不開心地把毛巾放回背囊裏。電話響了。查理說：「這時代還有打電話的嗎？不會送信息嗎？無禮。」他打開名牌書包，拿出一把折疊傘來，對維明說：「舅舅你拿着吧，我回家的路一直有上蓋。」這小外甥很獨立，姐姐也是醫生，他從小就獨來獨往，而父母以為傭人正在照顧他。

維明接過傘。手機還在響，查理已經跑下了樓梯。地鐵裏不知是黃還是綠的馬賽克顯得有點黯淡，每個走過的人都留下點滴雨水，使這名聞天下的地鐵系統像一個流着口水的中風病人，顯得格外地衰老。來電的是卓克——查理卓的爸爸。維明沒接聽，只呆呆地站在地鐵大堂裏。過了一會，卓克來了信息。「雨很大，紅雨信號。不要來了。過兩天再來。」

「不行，姐夫，我沒藥了。」他用信息回答。「我會睡不着。」

「那好，我等你吃午飯。我下午休息。」信息看不出語氣，但維明百感交集。外甥看不起他，姐夫自然也不會特別喜歡他了。姐姐和自己是親姐弟，為何她沒有自己的焦慮呢？

到了診所，有四人在等。一個穿着校服的初中女生和她的菲傭坐在椅子的右面，其右方空出一個不夠一人的位置。左面坐了兩個男人，一老一年輕，不知誰需要看精神科。看看他們兩邊和中間空出來的位置，也沒有一個足以坐下整個人。維明為了不讓他們感到不安，就拿了洗手間的鑰匙先上廁所去。其實他們是否內疚他不知道，只知道他們應該感到內疚。維明去完洗手間，人還是那樣子坐着，沒移動過。終於，初中女學生進去就診，菲傭身邊的位子空了。維明遲疑了一秒鐘。菲傭馬上把女學生的外衣放在位子上。此時，一個中年女子推門進來，連登記都未做，第一時間坐到外衣旁邊，還把那外衣的袖子壓個正着。菲傭厭惡地用力扯了一下，把衣服抽出來。護士忽然從裏面走出來向她說道：「我們今天已經額滿，你明天再來吧。」

濃妝到幾乎要掉粉的女子大聲說道：「我預約了的。」

護士走到大門邊，打開門：「你預約了九點半，現在是十二點三刻，你的位置早就給填補了。」

女子的臉瞬間扭曲了一下，像痙攣一樣，即時又恢復平靜。「只是遲到，你們連電話都沒給我打一個。我見不到醫生絕不會走。」

護士很為難的樣子，眼睛到處看，看見了站在那兒的維明。「也許趙先生你讓一下？你可以把診症的位子給這位太太嗎？」

維明想：我有位子嗎？但他生來就不懂得拒絕。

「我是單身的。」女子幾乎看不見的痙攣又出現了。她接上了，維明再沒有回應的需要。

護士臉上閃過的卻是鄙夷的神色，但她一臉笑容。「趙先生不答應呢。小姐，沒辦法了。」

維明心裏叫道：「我何時拒絕了？這是冤枉我。不過，她起碼記得我姓趙。」他不置可否地看着地面，看見菲傭塗得鮮亮而尖長的腳趾甲，和分開來向四面發射的腳趾，覺得很不舒服。如果排隊時她站在後面，說不定會把自己的腳筋割斷。他把臉別過去。一老一少兩個男人看着他，完全沒有表情，就像兩個時裝店的木頭模特兒那樣，臉有方向，卻沒有信息。他們的樣貌相像得驚人。年輕的忽然站起來，說：「我們走吧。」老人說：「走……」護士急忙趕過來對老人說：「李先生，你們不能走。」

老先生馬上又開始坐下。年輕人說：「我們等了一個多小時了，爸爸，你餓了嗎？」

老先生反問：「你餓了？哈，我已經十年未餓過了。」

維明驚訝地想：「我也已經幾年未感覺過肚子餓了，原來世界上真有和我一模一樣的人。難道老先生一直未好起來，而我將來也會這樣？」

護士小姐繼續勸說那位濃妝女士離開。女士不肯。中學女生從診症室走出來，卓醫生的臉在門縫出現了一陣子。女人定睛看着他。維明想喊姐夫，豈料那女子更快。她用很堅定的聲音大叫：Marco!

卓醫生呆住了一秒鐘，竟然揮手叫她先進去！問題解決了，護士無奈也無言，走回登記處工作。女學生一出來，就坐下撲到菲傭的懷裏。維明還是站着，不敢坐，也實在沒有位子可以坐。

女學生哭了，菲傭怒目瞪着維明，好像是他把她弄哭了似的。終於，護士叫喚女學生的名字。她們取了藥，也不問怎樣服用，就離開了。那兩父子看着護士收錢，兒子就站起來說：「爸爸，我們走吧。」維明猜想：「原來嫌貴呢。精神科就是這樣的了。這兒子也真不孝。」此時，那父親說：「兒子，還是再等一下吧。」其時，年輕男子大吼起來：「我們給插隊了！那個女人打尖了呀！阿爸，你看不到的嗎？」說時站起來，就要去推開卓醫生的診症室的門，護士急忙出來攔阻。小個子護士輕盈地伸出一條腿，年輕男子給卡住，就要向前仆倒，另一個女護士已經熟練地推着他的肩，推了兩步，順勢把他按回座位。那爸爸馬上撫摸他的前額，說：「沒事了，沒事了，謝謝妳們。」說時，他一臉是淚。兒子忽然變成了小孩子，咳咳咳地開始哭。

女學生和菲傭的位子空着，維明走過去正要坐，濃妝女人帶着微笑走出來了。她要了女廁鑰匙出去了。護士們瞟了她一眼，又打起眼色來。維明的位置剛好看見她們在小聲説話。他悚然一驚——直覺告訴他，她是卓克的情婦（卓克可怕的品味啊）、姐姐的情敵。

此時，父子進去診症。未幾，女人回來，把鑰匙歸還。她付錢取藥，就離開了。維明趕緊取了男廁鑰匙，躡足追出去。

他隨着她往升降機那兒走，躲在牆的拐彎處。女人打電話，說：「瑪利亞，你去買雞，今晚做個好湯，先生六點回來，不吃飯，只飲湯。」

維明如遭電擊，他鬼鬼祟祟地走回醫務所，連歸還鑰匙的動作也用最輕的手勢完成。此時，候診室裏就只有他一個病人了。他坐在那兒，很不安地「佔據」了所有座位，左腿和右腿來回疊在另一腿上。護士見狀出來看。「趙先生，你還好嗎？」他搖搖頭說：「請你告訴我，我姐夫是不是和那位小姐有路？」護士說：「你怎麼了？」另一護士走出來：「趙先生，你冷靜一點，快要輪到你了。」

維明想起查理可恨的胖胖的手指，又想到他的指指點點，就說：「連他兒子都知道的，對嗎？」

護士面面相覷，神色變了。她們把他牢牢按住在椅子上。其實以他的力氣，他是可以掙脫的。可是他沒去掙扎，他估計她們會拿個甚麼針筒出來，為他注射。他等着。他估計自己會給謀害。可是她們放開了他。他坐直了，看着兩位護士，兩位護士也看着他。

其中一位悄悄說：「你要把一切感受都告訴醫生……」

「告訴醫生，那他……」他分不清自己內心的是痛快、憤恨還是歡喜、憂慮。他受姐姐姐夫和外甥的恩惠早受夠了，而恩惠就是鄙視，鄙視帶來更多的恩惠，背包裏的傘就是證據。「好的。我甚麼都和他說。」

「對，那就好了。」高大的護士說，身材小一點的護士點點頭。只是二人仍站着，好像在等待甚麼。

此時，就診的父子出來，先坐下了。未幾，年輕人站起來對護士友善地說：「我爸爸的病已經好多了。這位醫生真好，就是太貴。」說着，他請護士回到登記處去收診金。護士說：「稍等一下，還未配藥。」年輕人忽然又變了臉，吼叫起來：「你去不去？」護士熟練地說：「去去去，這就去。」

維明忽然發現自己很想睡。睡完了，一切就都會變好。此時，那位父親把幾千元放在年輕人手上。年輕人就輕鬆地走去付錢。一切順利進行，父子離開。父親臨行回頭看了維明一眼，這一眼，莫名其妙地打動了他的心。小巧的護士目送他們離去，回來後說：「終於可以吃飯了。」玻璃門無聲關上，這門的邊緣是有絨毛的，維明這時才注意到。

未幾，卓醫生從診症室走出來。維明想：「怎麼忘記我了？」他趨前：「姐夫，還有我未看病呢。」

「你又不是甚麼病人，來，我們吃午飯去。」他把一包安眠藥遞給維明：「你的睡覺藥。」維明接過，積極地想感到肚子餓。可是他不餓。他看着姐夫微笑，心裏想着如何和他說清楚那件事。

門又打開：剛才的初中女生衝進來，菲傭慢了一步，拉不住她。女孩說：「爸爸，你和隨便一個人都吃午飯都不肯跟我吃？每一次都要扮病人來看你，我還是不是你的女兒？」

練習

練習

她和他讀初中時，是手提電話和網絡都不普及的七十年代初。那一天，在公眾游泳池外，她等了他四十五分鐘。說來話長。

泳池外面是一片迷綠草地，陽光閃閃，真實而虛假。因為九月了仍很熱，她在室外站着，校服開始給汗水浸透；人生第一次，她不停思考「值得不值得」和「算不算沒禮貌」等問題。沒有風的下午，鳥叫更清晰，她甚至聽得見時間在蒸發時發出的絲絲聲。

早上小息時，她聽見他們四個男孩在說放學後去公園練習游泳。學校沒有泳池，而水運會在三周後要舉行了。她天天帶了泳衣，想練習，但苦於沒有同伴，一個人不敢去。泳池在偏遠小山上的大公園裏，那是個很美的公園，每分鐘都有大飛機經過，它們聲音很大，低得幾乎可以觸摸，她常常伸出手來呼應這種錯覺。對，是錯覺。可惜那地方巴士不到；坐的士的話，費用若沒有人分攤，就會很貴。於是她大着膽子向那幾個男孩子說：「我可以一起去嗎？」他們聽了很詫異，那時代，和女孩子一同去游泳是不尋常的。當然，她想和他們一起去，更是因為這幫男孩子裏面有她喜歡的他。

就這樣，幾個人在泳池裏玩了很久。那個人游得不怎麼好。她很在意他。他在水裏顯得笨拙，就像所有其他幾個人那樣笨拙，但為甚麼他的笨拙特別使她難堪呢？即使是最好的泳手，也要經過這個「掙扎」的階段啊。自己不也是才剛剛脱離這種遇溺似的動作、成了較好的泳手嗎？她謙卑地調校着自己的思想，竟忘記了自己正用憂愁而尷尬的眼睛看着他。沒有眼鏡的掩護，她的目光一定穿透了他剛從水裏冒出來的臉。她的睫毛上佈滿了小水點，頭髮濕濕的沒有泳帽，小辮子好像兩條煮熟了的菜。站在池邊水裏的她看着他笑，眉頭卻是皺着的，她小小的瘦削的肩頭因有水而發亮，又因笑而顫抖。他咬咬牙，鑽進水底，大力用腿蹬池邊，繼續他緩慢的衝刺進程。他知道她很能游，本來就不該讓她加入這次的練習活動。他渾身發燙，潛進深水之中，心裏有了誓報此仇的激動，但這種激動給強烈的撥水動作消化了。而愛情，幾乎和仇恨一樣明亮。

她能感受到他的不悦。此時她唯一可以做的是加緊練習，她要讓他知道她只是來練習的，動機純粹，與他毫無關係。兩三轉後，她又回到了池邊，這一次是他站着看着她從水裏冒出頭來。他注意到她在喘氣，心裏竟有「抵死」之念，那是一種喜滋滋的秘密的感覺，裏面也有點滴的憐惜。於是他對在旁的三個男同學説：「練夠了，我們走吧。」她和大家一同點了頭。然後，男女分別走進男、女更衣室。

分岔路就是從這裏開始的。她很快就沖了水，洗了頭，穿回校服。她怕他比她快離開，那時就再沒有話可以說了。而她強烈地希望和他說說游泳以外的話。例如數學。他的數學比她棒得多了。他們五個人唯一的錯，是在游泳之後、回到更衣室之前，沒有任何人提過要不要等所有人都出來了才一同離開，還是各自回家。這是全部人的疏忽，但是，事情的效應可能只出現在兩個人身上。

此刻站在泳池外，她非常肯定他仍未出來。這是必經之路，她一定會看見他。於是她開始等待。到他們來了，她就會上前和他們一道走，彷彿剛好遇上，這樣就可以恢復幾個人在泳池以外的友善關係了。但時間一分一秒過去，他們好久都沒出來。二十分鐘溜走，其中一人出來了！但那不是他。他垂頭急急走着。她前去打招呼，問：「他們還在裏面嗎？」那人說：「我不知道呀，我得先走，因為有作業未完成，明天交，拯溺會也有工作……」於是她點點頭，和他說拜拜，自己一人繼續等。她心裏想，他們怎麼不是一起行動的呢？這不是很奇怪嗎？如果是幾個女孩子，絕對不會一個一個走的。

七八分鐘又過去了。另外兩個男孩出來。她又和他們打招呼。他們驚奇地說：「嘩，你還在？幹甚麼？」她說謊：「沒事，我也是剛出來的。」一個男孩說：「我媽媽今天上夜班，我得回家做飯，否則弟妹告狀就大件事了。」另一個說：「我沒事，但我也得走了。」二人同行，有說有笑。她追上去問：「裏面還有人嗎？」他們答：「有呀，尚有好多人。」他們明顯不明白她的問題。她不好意思再問，只好又點頭揮手。

天色未暗，但日頭偏斜了。她站在那裏，腿很酸。她盤算着是否該等下去。等，可以解釋為禮貌或巧合。等到了，就可以跟他和好，也可以一同走下斜坡聊幾句。他梳洗既然那麼慢，她也可以是這麼慢的呀。他沒有質疑她的理由。

如果她不等，那是因為已經等夠了，天氣很熱，游泳後站了這麼久十分辛苦。沒禮貌也說不上，因為大家沒約定要等的。更重要的是，他值得她等嗎？等了，會不會過分表達？明天在實驗室裏說兩句話，不就沒事了嗎？她應該不等的。她很清楚了：不等！

可是，不等的話，過去大半個小時的等待，不是白白浪費了嗎？連埋怨兩句的機會也沒有了！而且，她就不信等不到他出來。他總不會在裏面過夜的。

十分鐘後，他真的出來了！匆匆忙忙的。她跑前去截住他，忽然氣上心頭，忍不住高聲說：「剛才沒説明等不等，於是我等你等了好久！你真姿整，枉為男孩子！」她潑辣地說了這些話，馬上就陷進了這話的內容和態度。她信以為真，竟然覺得自己真的很潑辣，而且正在生氣了。她說了再見，就快步離開了公園，這是一個野蠻的女孩該有的動作。

那一刻，他非常驚愕，眼睛瞪得老大，頭髮仍濕濕的滴得出水來，眼鏡滑下，得用手托住。他也動氣了：「我又沒有叫你等！我們一向都是自己回家的。」他把好友都扯下水了。當然，他很清楚，自己是故意待這麼久才出來的。但是，他發現她在等他，這個發現非同小可。平生第一次讓女孩等了，而且等了這麼久，這是多麼榮幸又多麼使人毛骨悚然的事呀！畢竟，他還在介意游泳游不過她的事實。他決定，水運會一定要游得好，這才可以為是次的「練習」正名。這是他對自己的交代，或者該說，這是大半個小時在更衣室裏胡思亂想帶來的懺悔和立志。

從此，她不再喜歡他了，每次想念他，就故意去想想他游泳時難看的姿勢。他也不再喜歡她了，每次看見她，就故意去想想她罵他時無理的態度。說到底，即使在實驗室裏碰面，也不過是一次尚未十分成功的實驗罷了。

翠華給英傑的信

翠華給英傑的信

英傑：

估計你起飛之前，不會讀到我這封信，因為我把它放在那一支新牙膏的盒子裏，用一個膠袋把你洗臉的小毛巾包裹在一起了。相信你在飛行中第一次刷牙時，才會發現。午夜起飛，大嶼山一帶的海上都是金色的魚燈；機鐵如未停駛，就會慢慢交叉移動，像幾條發光的藍色海鰻在黑夜裏游泳，每一次看見我都覺得心痛，因為那實在太美了。你也必然非常喜歡香港的這一沿，但想到這可能是最後一次相見，即使是你，也必會熱淚盈眶吧。英傑，我想像你坐在靠窗的位子上扣安全帶，自己已忍不住哭了。

你怪我不肯跟你移民，也不肯和你先結婚，其實，我真的做不到。而你又是那麼篤定、那麼去意已決。你一家都是早就有了居英權的，你從小就往來英國，大學也在那邊讀，自然比我能夠適應。不過，你和我都知道這不是最深層的原因。真正的原因是你對香港的政局已經完全失去信心，而我則沒有。或者該說，我基本上對全世界的政府都沒有多大信心，因為那不是一成不變的，人生苦短，人會犯罪，而天災人禍、領袖更替、制度改換等事都在我的預算之內。這麼看來，把自己從出生地連根拔起是沒有必要的。

你也不要以為你那一次出軌傷害我到一個地步、我拿此來報復。那時我確實很傷心，我從沒有想過你會背叛我，和那個漂亮的美國交換生在一起。我開始有點心淡，但完全沒有報復的意圖，請相信我。你沒有叫那個女孩和你一同去英國定居，反而多次和我商量，我受傷程度已經減到最小了。至於你走之前的那幾天我突然「失蹤」，也不是因為要躲避你，期間更沒有發生你所質問的那種事。沒有，我沒有交上另一個男朋友。他叫做陸志明，是旅行社的領隊，我小學同學。他是有妻子的，還有可愛的女兒。我只是請他幫忙。

我沒把那三天的行程告訴你，是不想你知道我去了你最恨的大陸。你會生氣的。你是在清遠出生的，我反而生於香港。這幾年，你和我的政見漸漸背道而行。不，這麼說也不正確，因為我一直是沒有甚麼政見的。我只有信仰和情懷。在教會少年團契遇上你的時候，我以為你也一樣，心裏只有上帝；信仰告訴我們，我們期待的國在天上，不在地上。但是，說到底，你對地上的事情仍很在意，這些年來，你和校牧都多了以前不曾有過的仇恨和恐懼，説明這些感覺是發展出來的，原因複雜。你們的改變，我難以理解。我是個「小心眼」的人，只看得見人生的細節，和每一個細節當中的對與錯。人生非常精緻，不可以「買大細」，把愛或恨完全撥歸一方，這不是我的看法和習慣。我怕將來我們上超級市場時會為一罐午餐肉的出產地爭論，或因為一本書的簡體字而吵架。

那幾天，我其實去了連南。連南和我有何關係？我是要陸志明帶我去尋找那個叫做瑤寨的地方。那不難，因為那是國家四星級景點。正值那幾天他代公司帶團上去，瑤寨是行程之一。我母親的細嫲嫲（我叫她細太婆）原是瑤族女子，名字我記不起來了。她也是我太公的小妾，二十年代後期出生。她小時候一次跟着堂叔出寨，就給拐走了，從此就一直無法回到瑤寨去。三十年代中，她只有十一歲，就被賣入妓寨。我太公那時有點錢，把她贖了，教她識字，給她起名叫瑤珠，留她在家服侍我太婆。後來她香港身份證上寫的是「姚珠」。到打仗了，她跟着我太公太婆逃難到香港，豈料一家人還是得經歷那可怕的三年零八個月，錢幾乎用光了。太婆生我外婆時難產過世，她就代替太婆服侍我太公，直到他也走了。到我出生，細太婆姚珠已經七八十歲，但身體還可以，於是親自帶我、餵我，接送上學下課。

細太婆如今住在安老院，我每一兩個星期就去看望她。我愛她。請不要怪我一直沒帶你去，因為她腦退化，已經忘記了我，認識你也沒有意思。幸好她仍很健談。有好幾次，她對我描述瑤族的服飾，說那是非常非常漂亮的。我向她傳耶穌，她信完又信，其實不知道有沒有信，弄得我哭笑不得。一次，她竟然叫我做太太（太太即是我太婆）。她從床上爬下來向我跪下，差點把我嚇死了。我扶住她站起來後，她仍哀哭着央求我，說要找一件瑤寨已經出嫁的婦人的衣裙和頭飾，讓她穿上。

我估計她的意思是她知道自己快要死了，但死也要死在自己族人的服飾裏。我當時也哭得厲害，不住點頭，承諾了。結果，我只好找陸志明帶我去。

旅遊車沿路上山的時候，我們看見很多樣子相似的玫瑰紅牆身的新房子。我正想問陸志明，他就拿起咪來介紹。他說，這裏住的，都是瑤族，他們都不住在瑤寨了。瑤寨已經成了景區，老屋子大都變了文物。政府安排瑤民住到山下農田旁邊，方便他們耕種。他們也有不用工作的，因為本來的地賣了很多錢，如今都只打麻將。我看着那些單調的房子，和清一色的黃槐樹，以及那些晾在屋外的新潮衣褲和紅領巾，心裏感到失落。不知道我是否能夠找得到細太婆所說的嫁了的女人的衣裙。陸志明說：「不用擔心，我去給你處理。」我說：「要有點舊的，不可太新。」他點點頭：「可能要幾百塊。」

到我終於在小雨中走上了瑤寨，我驚呆了。那些已經發黑的石牆，屋頂上或繁或簡的、金屬打造出來的家族標誌，那些發霉的小巷子裏自生自滅的鮮黃色瓜花和綿長的瓜藤，都使我驚艷。住在這裏真好。到處走的公雞母雞帶着小雞驕傲地踏出每一步，好像牠們才是主人似的。還有在紅心的洛神花旁邊小跑而過的半歲馬兒，怎麼都不肯往山下走，估計牠原先是住在寨裏的。九十歲的老婆婆戴着發亮的竹帽仍未搬走，年輕人已經在窄窄斜斜的主街上開了搖滾樂小酒吧。我冒着雨，幾乎看見前面的那個少女的臉了。她就是我十一歲的細太婆。我頂着芝麻小雨向山頂走，那兒有一座建築，竟然供奉着盤古呢。我一直相信聖經創世記中所寫的半人半靈巨人存在過（他們是會拿人當食物的），想起來，他們可能也在中國出現過呢！無論哪一種文化，都有邪惡的一面，但是，面對自己的歷史時，人總是記得它的好。

扯得太遠了。英傑，人都是帶着祖先的影兒生活的。可是，大家都不自覺。有一天誰自覺了，就說明這個誰已經和自己的根柢吵翻了、剝離了，那種痛，是不能用歲月來緩解的。此刻和你分手，我確實很辛苦，很捨不得，可那會結疤、康復，有一天甚至連疤痕都會消失。但是，我離不開香港的天空和天天說着的粵語，離不開奶茶和鴛鴦，離不開在家做不出來的帶芝麻味的奶醬多。我會記得你的。願你生活愉快，直到我們見面。（但其實，我想說，英傑，你是隨時可以回來的。）我相信，香港不會丟失你。你最好的年華，就是我和你一同長高、手腳一起變長的日子，必定一直留在我們團契聚會的活動室裏；母校的陳列櫃內，還必定有你和你的兄弟一同贏回來的獎杯。

提醒你，到了巴芙，怎麼都要去認識一下珍・奧斯汀。你在那兒定居，至少要看幾套電影（我估計你是不會看文字版的《傲慢與偏見》的了），認識一下她是誰。你知道嗎？英國人想像中的她的樣子，已經給印在英鎊的鈔票上。單單迷戀一隊足球隊，是沒法讓你成為真英國人的。祝

一切順利

翠華

二零一九年十月三十日

吃不下的日子

吃不下的日子

(一) 胃口

「杜太太，你的檢查報告一切正常，老實說，以四十三歲來說，這是相當好的報告了。至於你所說的——幾個月來都沒經歷過肚子餓的感覺……既然你體重沒有劇烈下降，暫時不必處理。」雅文聽了，禮貌地向醫生道謝，安靜地離開了診症室。

「她心理作用罷了，」醫生在裏面對護士說：「闊太太總得有點病，否則無人注意。」雅文的耳朵特別靈敏，她聽見了，但仍若無其事地領了這個月的安眠藥離去。

車流激激的大馬路上，她經過了一家又一家食肆：賣葡撻的、賣壽司的、賣甜品的，還有一家泰菜餐館，一家豪華而巨大的鮑魚海鮮酒家，她都和均年來過。她愛吃，他懂得點最好的菜，二十幾年了，她還是能從均年點的菜得到味覺和眼目的驚喜。但最近這一切都已經無法喚醒她的食欲，反叫她噁心。這樣的肉體反應表達的是深沉的無人理解的孤寂，然後是對這種孤寂的痛恨、憤怒，以及無法拔離作戰狀態的緊張。

噩夢是這樣開始的。那天晚上，杜均年打發了司機，自己開車把她帶到一家近郊的西餐館吃晚飯。丈夫和自己吃飯是尋常事，但他親自開車就不尋常了。這家小小的意大利餐館佈置有點歐陸風，價錢也不算貴，菜款不多，但菜牌上的食物都給拍成極有品味的照片，攝影鏡頭為平凡食物弄出個猶抱琵琶半遮面的情貌，看起來非常逗人。她點了微辣番茄汁蜆肉寬條麪和沙拉，他要了肉醬闊麪，兩人都加了大號可樂。她期待着這幾個很普通的菜式：蜆肉小而不韌、可咀嚼可吞吃，鮮甜而集中的汁液落在舌頭小小的味蕾上，有肉的鮮甜而無葷腥的霸道，有欲望的滿足和節制，如同一段細水長流而不失興味的婚姻。她更喜歡可樂的冰冷和激甜：那些微辣的小泡泡在舌頭上爆破的感覺實在細緻而刺激。從小到大，女兒安琪和她一起到速食店的時候總要撒嬌，她就會陪她喝一杯小號的，一點一點地喝，獎勵自己過了幾個月節糖戒膩的日子。

均年點完菜，等侍應離開了，就看着她說：「我有一事要告訴你，你聽了，即使生氣，我也沒話說。」可她想着要來的食物和可樂，一點都沒有準備生氣。如果丈夫說他外面有了女人才打算吧。雅文這樣想着就不自覺笑了起來。均年是個懶得過分的男人，一離開公司就回家，回家後除了把自己堆在大沙發上看國家地理頻道就不肯做任何事，連上廁所都嫌麻煩，非到忍不住都不肯動身往廁所走。他從不遲到，工作也從不多做，從不外宿，酒也不多喝，運動則只肯散步去買安全套（那是他唯一不願意讓傭人代勞的），有時還要雅文又推又拉，他才肯開步走進樓下的公園。雅文肯定：這個人會因為懶惰和嫌麻煩而拒絕別的女人。

「說吧。」雅文一面回應，一面用紙巾擦亮餐具。

(二) 陪月阿紅

「那件事，已經過去二十年了。」均年說：「安琪有多大，那件事就有多久遠。」

「是以前的女朋友嗎？說吧，別拐彎了。」

「算不上是女朋友，只是個相識的女子。」

這時候，寬條麪到了，又熱又香，雅文急不可待，拿起叉子，在他的碟子上細細地捲。她對他的陳年舊事一點興趣都沒有。之前，最令她「嫉妒」的女孩，不過是他中一時心儀的女同學。中學同學聚會，雅文終於見到她，她已經變成一個瘦得滿臉皺紋的寒背小老太婆。

「嗯……嗯！味道真好！」她用叉子捲起一撮，送到他口裏：「先吃。」

在他試圖咀嚼的時候，沙拉來了，雅文又讚歎：顏色真美。均年聞言竟然發起脾氣來：「你到底是不是在聽的？」

雅文嚇了一跳，皺起眉頭。他很少這樣對她說話的。她忍耐着，認真地接收了他幾乎是在求救的眼神。

「那個女人，就是你的遠房表妹阿紅。」

雅文愣住了。阿紅？均年和阿紅有來往？「阿紅……一直住在鄉下的阿紅？」

均年看着她點點頭。雅文又問：「上星期因子宮頸癌去世的那個阿紅？」

均年又點頭。雅文拿起可樂，大口大口地灌下了半杯，汽水很冰，頗有點鎮靜作用。為了弄清楚，她又問：「她不是一直住在內地的嗎？她不是有丈夫的嗎？上星期天她的阿媽——三姨——不是來過、說她走了嗎？」

均年再點頭，點完又點。雅文看着他，不斷構思那個阿紅的樣子。二十年了，印象還是很深，因為她長得實在黑，像南亞人。她比自己小幾個月，皮膚粗糙，眼睛細長、單眼皮而平直，嘴巴線條鮮明但唇色比皮膚淺，是帶灰的粉紅。她的頭髮卻是明亮烏黑的，豐厚而且柔軟，編成辮子大大的一條落在挺直的背上。其實雅文不怎麼認識她，那一年，她生了安琪，要坐月子，母親就從鄉下把早婚的阿紅帶了來「探親」，母親的堂妹三姨就是阿紅的媽媽。她求均年讓阿紅見見香港的世面，她就來了。阿紅果然事事辦得妥當，打理家務、煮薑醋、燉雞、做木瓜魚湯……寸步不離地把小小的安琪和雅文都照顧得極好。一個月後，她回鄉了，之前的晚上，還做了很多好吃的菜，令雅文最難忘的是糖醋排骨，那種分不清甜還是酸的味道，良久擱在喉頭，最能下飯。可惜第二天清晨她就走了，以後都沒再來過香港。雅文怎也想不到那已經是最後一次見她了。

均年要說的，也正是那最後的一夜。那時雅文讓他到客房過夜，主要不想他給初生的安琪吵醒。均年吞吞吐吐地說，就在那個冷得口氣都變成白煙的冬夜裏，所有人熟睡了，阿紅靜悄悄摸進他的房間來，脫光衣服，用最輕的動作躲進了他的被窩。他一直睡，難得地做着對手不明的綺夢，漸漸醒來時，手臂裏竟然真的躺着一個全裸的溫暖的女體——而那，究竟不是一個男人在嚴寒的黑夜裏能抵擋的引誘，就像發情的獸，他要了她。完事後，她一言不發，躡手躡足地離開了他的房間。他百感交集，哭了，但懦弱得躲在床上，大被蒙頭，連小便都不敢出去。第二天清晨，大閘輕輕地響。阿紅帶着所有行李走了，她一點要求都沒有，只攜了她早一天才拿到的一個月工資回到鄉下去。晃眼二十年，她沒再找他們，也沒有任何信息信件來往。

(三)信

上星期阿紅死的那天，三姨接信趕來報告，一進門就大哭，且拉住均年的手臂不放，但也不過說了幾句話，就匆匆離開，回鄉辦喪事去了。那天，均年很沉默，他做了很大一筆的帛金，用白信封包好，塞到三姨手裏。雅文以為那是因為他仁厚：一方面關心窮親戚，一方面感激阿紅在她坐月子的日子照顧周到，也沒說甚麼。然後，日子恢復正常。安琪一年前已經順利考進最好的大學，今天的雅文再無憂慮，依舊喜歡到處吃東西，漸漸見胖……

聽了一大堆，也想了不少，雅文努力調節着自己的情緒。她不斷暗中分析自己的感覺，對於那個不知所謂的阿紅，她怎樣都無法建構出甚麼醋意或憤怒，但她還是嫉妒的、生氣的、害怕的、蒙羞的、無奈的。她嫉妒均年對阿紅的內疚，生氣自己的平靜愉快給無端端搗碎，她害怕均年的隱藏和深不可測，她感到蒙羞是因為丈夫比想像中軟弱得多，她感到無奈是因為阿紅已經死了，她無法洩恨，無法讓均年重新「選擇」自己——因為那不再是一種選擇。因此她用最平靜的聲音説：「都過去了，為甚麼要告訴我？要説的話，為甚麼不早點説？如果我是你，不説就算了。」講話的時候，小小的蜆肉滑過味蕾，竟然一點味道都沒有，反像一粒裔裝的沙子，不想吞，也不好吐。

均年沉默了一會，似有難言之隱：「昨天三姨到公司來找我，交給我一封信。三姨説她私自拆開看了。這個三姨真可怕。信不是寫給她的，也不是給我的，是阿紅寫給那個十九歲的女兒的。」

雅文越聽越焦急，也越清醒。「阿紅的女兒？十九歲？——難道她是你和阿紅……」

均年這時竟然用左手拿起叉子，吃了一大口意粉，他看着碟子，好像那是避難所，還一面吃一面點頭，意粉在他牙縫嘴唇間搖晃。他的吞咽聲很大，很用力才吞得下，聽起來如同在哭。與此同時，他的右手從西服的內衣袋裏掏出一張顫抖的信箋。

雅文搶過，打開，迎面而來的是一張影印的A4紙上工整的手寫簡體字：

「……一旦到了香港就去找你的生父。外婆知道他住在哪裏。他不認你，你就説要去驗血，做個親子鑑證。好歹要拿到一個香港身份證，在香港工作，結婚。如果他給你錢，你就去讀大學，如果錢還有剩，就給你外婆。你如今的阿爸在這裏有錢、有田、有房子，還有你二媽和弟弟，你都不用管他們了。

……你的姐姐安琪讀香港大學，你怎麼說也要考進香港大學……」

他說，正本還在三姨那裏。他見她不做聲，又捲起另一堆意粉往嘴裏塞。她忽然忍無可忍，一手把他的叉子用力打下，它們碰到碟子鏗然有聲。「不可以！安琪不是她姐姐！」安琪的名字一響起，雅文多年修行得來的溫柔一下子就給恐慌和盛怒折斷了。鄰桌的人開始扭頭往這邊看。

(四)洪水猛獸

從那天開始，雅文的胃口就變差了。當時桌子上的一切，亂糟糟的，血色的西紅柿醬、彩色的沙拉和幽暗得像黑夜的可樂，放在面前直如謀殺案的現場，而那張抖動的信箋是從血水裏冒起的惡花，帶着屍臭和毒液。

數日後，三姨和母親說要來看雅文，剛巧安琪也從宿舍回家。安琪甚麼都不知道，還親熱地招呼外婆和三姨婆，更親自倒茶，雙手把茶杯遞上給每一位長輩，自己才拿起杯子斯文地喝了一口。那是雅文成功的家教，但此刻看着女兒向三姨優雅地奉茶，她真是後悔莫及，連這口上等的大紅袍都苦得難以下嚥。此時母親機巧地拉了雅文到睡房裏跟她說：「你三姨要錢而已，你就酌量給她一點。」雅文幾乎尖叫起來：「錢？不給！」母親說：「女兒啊，她可有秘密武器，那個叫安琪的女孩一出現，均年就身敗名裂了，你不要這段婚姻了嗎？」雅文聞言幾乎吼叫起來：「甚麼？那個野孩子也叫安琪？分明是故意的！」母親嘆了口氣。「那個『琦』，是玉王邊加一個奇怪的『奇』。我們阿琪的名字比較西化，意思卻是一樣的。」「甚麼意思？」「都是美玉的意思。」雅文聽了，怒火中燒，突然吐起來。

三姨也不過分，她每個月來向雅文母親索取一萬元，說是養大安琦的費用，而那是均年絕對付得起的。就這樣，幾個月過去了，雅文和均年都盡量避免再提起此事。

星期六，雅文的髮型師來到她家給她做頭髮。偏廳裏，正要開始為她染髮，三姨就趕在傭人面前興奮地小跑着進來了。她說阿紅的女兒安琦用內地的優秀高考成績申請到港讀書，香港大學的文學院已經錄取了她，她也已經到港了，且住進了港大的女子宿舍，如今來是要雅文為她付學費，三姨還說：「她畢竟是你半個女兒。—— 否則我到均年的公司找他——我當然也知道他的教會在哪裏。」

這分明是威脅恐嚇，雅文聽了真是怒不可遏，霍地從理髮椅跳起來，濕濕的鬈髮給她激動地一甩，髮型師第一個遭殃，趕忙躲開了，退回大廳裏去等。傭人拿了茶進來，說是給姨奶奶的，雅文一手按住，命令傭人拿回廚房。真氣人，學着女兒叫安琪，女兒進港大她也進港大，女兒進文學院她也進文學院——這不是分明地要挑戰嗎？三姨看着盛怒的她，嫣然一笑，悻悻然拿出一個公文袋，道：「你要不要看這個？」雅文一手搶過，是驗基因的報告。

三姨走了。髮型師也走了。一切復歸平靜，雅文拿着報告看了又看，一切證實以後，雅文情緒失控了，坐在地上哭。老傭人好心勸說：「晚飯差不多做好了，你好歹吃一點。先睡一會兒吧，別讓先生看見你現在的樣子。」雅文任性地說她一點都不想吃。電話響起：「媽媽，我今天回家吃飯。」是安琪從宿舍打來的。雅文只好提起精神艱苦地說了句語調開心的話：「好，一會兒見。」說完又無法自控地哭了起來，她要在安琪回家之前把哭的感覺都弄掉。她開始明白，他們要錢可以，欺負她可以，但一旦威脅到安琪的幸福，說甚麼都不行。

那個報告寫得清清楚楚，雙方是血親，父女關係確定了。

晚飯時，雅文一點一滴地把東西放進口裏，難以下嚥，卻因此顯得特別地優雅。均年細細地看着她喉頭的動作，知道她為了女兒在場而勉強自己，心中既內疚又憐惜。晚飯後，夫婦倆斜躺在床上，無言無語。黑夜漸臨、燈火未亮，幽藍的天光在床側流連。均年嘗試拉住雅文的手，她卻巧妙地躲開了，均年沒趣地站起來走了出去，輕輕帶上房門。廳上傳來聲音：「安琪，爸爸開車送你回宿舍。」雅文聽了悚然一驚：如果均年在港大碰見那個小妖女怎麼辦？港大只有一所女子宿舍啊。那麼，安琪還會得到他全部的愛嗎？——突然，她徹底明白過來了。阿紅的死並沒有解決她的婚姻問題，作為妻子，她已經失去勝過敵人的機會；但阿紅一族強行霸佔的領土，並沒有歸還，而且還在擴大。陰魂不散地，安琪代替了她的母親繼續着她的侵略，而最危險的是安琪一點都不察覺。於是，她大聲叫起來：「琪琪，等一下，我跟你們一同去兜風。」她好像一隻因黃狗遙遠的吠聲而驚起的母雞，她焦躁地伸出翅膀來保護小雛——她急起追上了父女倆，一同鑽到車子裏。均年坐在司機阿祥旁邊，她和安琪坐在後面，四人嚴嚴如陣。沉默中，車子穿過了隧道和剛剛沉落的黑夜，來到了港大唯一的女子宿舍。安琪下了車，回程上，夫妻倆才一前一後地開始談話。

均年先說：「女兒都進大學了，你還是不放心。」

「對手在暗，我方在明，怎麼可以放心？」

「你不要這樣，甚麼對手我方呢？她可不是洪水猛獸，比安琪還小一歲。」均年好想安慰她。

司機阿祥把車子拖慢。他們的話太吸引他了，他怕會生意外。

出乎均年意料，這句話讓雅文的醋意風起雲湧，她高聲道：「小就不會害人啦？三姨比我媽小，那個阿紅也比我小。小的才可怕。」說完這話，她心裏更是發毛，暗暗怪自己說錯了話：「甚麼大的小的，男人就是喜歡小的。」想着想着，悲從中來，眼睛發澀，舌頭根上出現一種若有若無的苦，但裏頭再沒有淚。黑暗中，她決定不要再弄出甚麼哭聲，覺得一個女人在這種時刻要面對的最大引誘是一哭二鬧三上吊。不，她不想用任何手段操控他，因為這個男人，已經可以放棄了，唯獨女兒——她總不能讓那個小妖女奪取她的爸爸，好像已死的阿紅奪取自己的丈夫一樣。她的戰線，卡在安琪的二十歲和安琪的十九歲之間。

(五) 阿祥

這時，均年柔和地說：「雅文，你生氣我還是要說的。我真的很想見見安琦。你給我看的那份報告，不是證明了她是我們的女兒嗎？」

雅文想也不想就糾正他：「她只是你的女兒，請不要說『我們』。」她的回答，讓他清楚知道她並沒有原諒他。他對她的愛又冷了一截。他堅決地說：「我要找她，你跟三姨聯絡一下。」

雅文回答道：「你自己去聯絡。你不是每月給她家用嗎？我媽可從沒得過這樣的待遇。」

均年不覺也進入一種慍怒的狀態　　因為他輸得起，因為他錯覺自己真的已經有了另一頭家、另一個岳母和另一個女兒，雅文的冷箭如雨打下，為了避難，他的心已經躲到另一個居所去了。他對雅文的內疚終於給她的尖刻擊碎，而對阿紅和安琦的內疚呢，卻正在野地裏逐漸壯大。不合理，不合時宜，不合禮教和道義，但合「心水」。他哼的一聲叫停了車子，徑自下了車，只剩下雅文坐在司機位的後面。她的心碎了，碎片也隨即變冷、變硬。

司機阿祥說：太太，我送你回家。雅文說：我沒有家，我的家給砸爛了。阿祥又說，太太，我送你回家；先生真令人失望，太太，你是最好的，你不要難過。對了，太太，你肚子餓嗎？我帶你去吃糖水。雅文忽然感到了一種久違了的、奇怪的食欲。她想起母親的話：吃甜品，用的是另一個胃。她說：好，阿祥，你帶路吧。

到了西環的糖水店，阿祥把車子停在路邊，說可能會抄牌。雅文說要抄就抄吧，反正由先生付錢。他們走進那個燈光昏暗老字號店子，雅文覺得自己的胃口大大醒了過來，她幾乎想吃盡所有的糖水，以求得到生命苦情裏的一點點甜。阿祥問，太太要吃甚麼？這裏的桑寄生蛋茶補血，芝麻糊出奇地滑，紅豆沙盡磨成幼沙，每一種都極好，看，外邊泊着的名車好多呀，大家都冒着抄牌的危險來吃。

雅文舀起一口紅豆沙，放進嘴裏，她感到這口糖水是她這半年來唯一有味道的東西。阿祥也低着頭吃。雅文忽然說：「阿祥，你先生對不起我。我好苦。」

阿祥點頭道：「我們也略知一二。太太，你放心，你賢良淑德，人又漂亮，先生一定不會選那個女人的。」

「阿祥，她已經死了。」

「那……那還有甚麼問題呢？」

「她死了，我無法跟一個死人鬥。我永遠地輸了。然後，她把小孽種放在他身邊，現在，連小姐都要輸了。」

阿祥搖頭。他無法明白雅文對輸贏的看法，但他估計到這是女人的正常反應。「如果是這樣，不如離婚，分他一半身家，將來你也不愁穿，不愁吃，又有小姐孝順你。必要時還可以再嫁，太太長得實在好看，人又好，而且大方仁慈。我老婆常說，如果她有錢，她一定不要我，她嫌我又粗又髒。」

雅文聽了，忽然覺得這建議也確實不壞。反正每次想起那個鄉下來的粗鄙的阿紅和均年的飢不擇食，她就越看不起他。

她毫無預告地問：「那——你有沒有做過對老婆不起的事？」

阿祥腼腆地笑了。「男人……太太你真直接。去泰國，去深圳，我和死黨都做過一兩次。我老婆也知道的。」

口裏的紅豆細細的甜沙在雅文的舌頭上散開，那種甜不濃，卻安慰了微苦的喉嚨。「男人不會記得一個妓女，對嗎？」

「不會的，即使要記，也只會記得她的賤，哈哈，別說這個了。逢場作興而已。」

雅文一陣輕鬆。不錯，阿紅只是一個妓女，她是有目的而來的。吃完了糖水，上了車，雅文坐在阿祥身邊的位子上，打開了窗，讓風一直吹。

她只是個妓女，她的女兒和母親也是——這樣想着，她不自覺微笑起來。阿祥說：太太的心情好多了。雅文說：是的，謝謝你陪我。

（六）分離

三姨再來的時候是某個早上的十一點鐘，雅文親自把錢遞了給她。三姨接過就要走。雅文在門口擋住了她。她突然對着那個年過七旬的老女人一字一字、咬牙切齒地說：「你三代都是妓女，一代一代地騙男人，一代一代地靠破壞別人的家庭吃飯，可惜樣子太醜，總是失敗告終。」說完，露出鬼魅一樣的恐怖笑容。

三姨站在那裏，愕住了一會兒，才懂得回應：「你怎麼說我都可以，但你不可以這樣說我的女兒！」

雅文真的樂了，她繼續擋在門口，尖起眼睛說：「你太老了，當然無法做甚麼——誰會上當？所以你只是個卑鄙的鴇母；你女兒到處勾三搭四的，當然是妓女；你的外孫女年華正好，現在不做，更待何時？如非當娼，怎麼有錢讀大學？」說的時候，雅文感到的是一陣性高潮似的暢快，但說完了，話裏的刻毒叫她自己也驚訝不已。

三姨的臉一片紅一片青，雅文哈哈大笑起來，三姨想走，她叫道：「騙人上床，拿了錢就走，還不是妓女？」雅文說完，霍地打開大門，雙手把三姨推到門外，用力把門拍在她的屁股上，然後拿起手袋，命令阿祥帶她去吃東西。這一天，他們去了西貢吃海鮮。阿祥說，他老婆一直沒來過這地方，每次吃海鮮，她都是到街市買回來自己做的。雅文又叫了一艘木船，勉強阿祥跟她出海，他們一起釣了好幾斤魚，路上歡笑不輟，黃昏還把魚拿回家給傭人做晚飯。

阿祥漸漸陷入了某種恐慌，他本來一番好意地要安慰這位溫柔對待下人的太太，如今，她對他的要求已經不只是一份工作了。夜裏，他一個人在車房把均年的房車抹來抹去，沒完沒了的，好像情人生離死別前的愛撫。第二天，他辭了職。

從吃甜品開始，雅文胃口的康復，只維持了一段很短的時間。阿祥走了，她好像又再被遺棄一次。其實，她對阿祥從來沒有非分之想，她只是喜歡他讓她用妓女這個概念來處理自己的感情欠缺，視他為知己。然而阿祥畢竟同樣離開了她。閃念之間，她覺得自己竟連一個貌醜妓女都不如。

如今，均年雖然每天回家，但睡在客房，離婚與否，好像只等她開口。

吃飯的時候，她問：「你想離婚吧？」他說：「我甚麼都沒想。」

她心裏叫道：「懦夫。」但她說：「不必勉強和我住在一起。」

他卻說：「我沒感到勉強。」

她給悶得說不出話來。這個隔夜油條，可惡至極。他就是不要背上任何背信棄義的罪名，同樣，他也利用這所謂負責的態度，堅持要供養三姨和那個小妖女。「杜均年，你要我提出分手？」

「我沒這個意思。」

雅文沸騰了，撿起一個杯子，潑得他一臉都是水。均年竟然安靜地用紙巾把西服靜靜地抹乾。幾個傭人退開，連毛巾都不敢拿過來，只放在近牆的花瓶旁邊。雅文恨他，恨到幾乎要把他殺死。她恨他竟然為了一個全無來往而且已經死去的女人與她冷戰，她恨他為了一個素未謀面的「女兒」與她疏遠，她恨他不肯保護他應該保護的一切。她最恨那個幽魂一樣的安琦，從未現身，卻已把他們的家庭拆散了。她最恨自己無法把事情告訴女兒，因為她愛父親，一旦知道此事，說不定連自己都不要見。她知道，感情的流向與對錯無關。

均年走進房間裏，換了衣服出來，淡淡地說：「如你所願，我們分手吧。別忘記，這是你提出的。」

雅文就是在那一刻崩潰的。她臉色刷白，眼睛閃電似地發出藍色的鋒利的光芒，然後閉上，人突然倒下，嚇得傭人們遠遠尖叫起來。均年一陣疑惑，才從傭人口裏知道她已經好幾天沒好好吃東西了。

(七) 始末

醫院的效率不錯。醫生的報告是雅文血糖過低，而且患上了抑鬱症。安琪從大學趕過來，寧願曠課，陪着媽媽。均年坐在單人病房裏離開睡床最遠的椅子上，三人都沒話。安琪看着父親，希望知道一點點甚麼，但均年閉上了眼睛，一直逃避着。未幾，雅文的母親匆匆來了，後面還跟着三姨。安琪禮貌地叫了外婆和三姨婆，一如往常，把椅子讓出來給姨婆坐。老少三代，齊整的一家子，面面相覷，但一句話都沒說。不知是否要躲避安琪，整個房間裏，沒有兩個人眼神相接。

這時候，護士進來了，說醫生吩咐遲一點兒要為雅文做靜脈注射，直接把營養餵進血管。安琪心痛地撫摸母親的頭髮，問道：「媽媽，到底發生了甚麼事？為甚麼你會變得這麼瘦？」

毫無預告地，外婆忽然扯住三姨的衣領，大叫起來：「都是你！你要錢還不算？現在你是在要我女兒的命呀！」

「你女兒的命是命，那我女兒呢？人都沒有啦，死啦！我現在要的是甚麼？不過你們大富人家的一點點錢！」

房間裏的每一個人都驚訝地走上前去，均年扶住岳母，安琪拉開三姨婆，問道：「有誰可以告訴我到底發生了甚麼事？」

三姨一手推開安琪，自己卻先倒地了。安琪一個踉蹌往後跌在地上，大叫起來。雅文看在眼裏，即時就從床上跳下來要保護女兒，卻因軟弱同時掉在地上。均年衝了過來，卻忽然放開手，他好像再不要碰到雅文了。

安琪哭了，不因為痛，因為事出突然，因為不知所措，也因為憂慮母親的病。

外婆走前一步，趁着三姨未好好站起來，忽然伸出手掌摑她。三姨尖叫起來，均年馬上跑去把門關上。外婆怒道：「你到底要騙他們多久？那個安琦根本不是均年的孩子，那報告裏的樣本是我親孫女的！我那天就看見你一手拿了安琪的杯子放進手提包裏。我叫人查過了，你的孫女根本沒考進大學，遑論上香港大學了！」她回過頭來，指着三姨說：「那封信，是她自己寫的。」

均年一驚：「真的嗎？」雅文也瞪大了眼睛，案情太複雜，她一時無法理解。安琪聽得更糊塗，但驚訝多於恐懼，眼淚也暫時停住了。

「是呀，我騙你們又怎樣？我不過要為阿紅討個公道！杜均年，雅文是你的人，阿紅也是你的人，為甚麼你方雅文可以在香港享福，阿紅要在大陸給他老公糟蹋？杜均年你是垃圾！阿紅屈死了，我不過要一點錢而已，況且，我孫女是不是你的孩子還不知道呢！」

雅文看着年老的母親，從內而外的傷心浮上了她的眼睛和她的聲音：「媽，這一切，你是早知道的？」

母親不語，良久，才艱難地點點頭。她怨恨地看着三姨，聲音嘶啞起來。「當年，她跟我説，她女兒只要借均年的一個種，甚麼都不要。阿紅也守諾，一直沒再來香港。你三姨跟我説……」她指着三姨：「跟我説阿紅在內地嫁得不好，叫我可憐她，她不要她老公的種，希望能生個白淨聰明、能讀書的孩子，將來好有依靠——她還保證不會搞壞你們的家，我才讓阿紅做的……阿紅幫你坐月子，盡心盡力，也很乖巧，雅文，得人恩果千年記……而且，那時我想，均年也不會損失甚麼。」

一房間的人都聽得靜了下來。均年要把安琪擁在懷裏，讓她靠一靠，安琪卻推開他，走向雅文。破碎關係的碎片尖利地擋在每一個人中間。安琪恨均年，均年恨雅文，母親恨三姨，三姨恨安琪，雅文恨母親……幾乎每個人的心都讓嫉妒和仇恨割了幾刀，傷口血流如注，且給醃在潮濕的粗鹽裏。

這時，死亡的念頭刷的一聲掠過雅文的腦海。她內心一驚——我方雅文竟然也想到要輕生嗎？如果我死了，誰最痛苦？她回頭看着年老的母親。她老了，七十歲的臉上雖然抹了粉，畫了眉，頭髮也染得過分地黑，但眼睛完全地出賣了她。再沒有睫毛的眼瞼向外翻，露出眼膜的紅，眼白混濁地托住灰色圓環裏的暗啞眼珠子，那是白內障；缺乏淚水卻閃動着乾燥的反光。眼四周早已經佈滿粗細不一的網狀紋理，臉上的皮膚一片一片地拆開，如同旱災中龜裂的黃土地。雅文的心更酸了。歲月讓她知道，所有的母親都一樣，連尊嚴和愛情都可以犧牲，但不能犧牲孩子。站在一旁同樣年老的三姨欲行又止，看看母親，又看看均年，卑鄙但謙卑地説：「錯就錯在我還沒有死，還要過日子……阿紅走了，就再沒有人理會我了，就當我是一堆垃圾吧，但求你們就給我一點點錢——你們是大富人家，只一點點，我保證以後不再來騷擾。」

「虧你還說得出這種話！你給我滾！你累得我女兒人不像人、鬼不像鬼了，別再讓我看見你！」母親終於光火了，一張老女人的臉無法控制地湧動着，比甚麼都教人悲痛。

安琪恨恨地盯着她的三姨婆。她開始明白事情的來龍去脈，意識到自己向來幸福的家在人的罪性中粉碎了。一息間，二十歲變成了生命的分水嶺，意外地來到眼前的下坡路了，心的衰老已然到來。她回頭看了父親一眼，好像在說：父親，我老了，你更老了。

均年也只能低下頭。他從此再無法面對安琪了。如果他們要離婚，女兒自然要和媽媽同住。他覺得自己只有權利去恨他的岳母。但他看着年老的她，一種大勢已去的感覺讓他連恨的火焰都煽不起來。他辛苦經營了二十多年的、白瓷一樣美好的家，是她的輕率決定打碎的，而他自己，正是那迎面擊來的硬地。

只有雅文不知受到了甚麼感悟，忽然落入一個全新的境界。她向矮小而彎曲的老婦人叫了一聲溫柔的「三姨」，語調悲涼。三姨回過頭來，眼睛湧出無法錯認的水光。「雅文，我知道我對不起你，但我老了，孫女兒跟他阿爸一個模樣，長得又笨又醜又霸道，兩個人都不理我，我沒辦法不到處找點吃的……」

「三姨，我送你到安老院養老，這點錢我還能付，好不好？

只要你答應不再找安琪，不再找我媽就好。」她沒有提到均年。他靜靜地聽着，意識到自己的角色似乎連這個行騙的老婦都不如。

安琪用手臂保護着柔弱的母親，生怕雅文會從床上再掉下來似的。三姨垂頭，頹然倒在椅子上。老人的哭聲沙啞、折斷、響亮而粗糙，比甚麼都難聽，但驚心動魄，使人悲不自禁。

（八）夜宵

把三姨送進老人院以後，雅文的胃口漸漸恢復了，抗抑藥物分量減半。安琪回到大學去，均年也繼續上班，一切漸漸平復下來，只是夫婦倆依舊分房睡覺。

一天夜裏，雅文夢見了很久未見的阿祥。他很溫柔地從後抱住她的腰，在她耳朵邊說：「太太，你賢良淑德，人又漂亮，一定可以得到幸福的……」雅文漸漸清醒過來。她擁着被子，淚流滿面。她非常留戀夢裏的感覺，雖然阿祥只是個粗人，而且會去泰國深圳嫖妓，她喜歡他。但她清楚自己一定不會胡亂做甚麼，說甚麼，說不定她這一生都不會再讓自己見阿祥，但她感激他，且因為他一時間的好，自己竟有了能力進入一種難以名狀的、原諒的感情裏。但她在原諒誰呢？一息間，她完全明白了，她原諒了自己。

靜靜地，她爬起來，摸黑走向廚房，開了燈，打開櫥櫃的門，開始燒水。她想弄一碗即食麵，因為肚子無故餓極了。

電水鍋嗚嗚地響，掩蓋了許多聲音。她一回頭，發現均年正站在廚房門口。她叫起來：「哎喲，你嚇壞我了。」均年走過來，接過她手裏的碗，她軟弱地坐到一張椅子上。水開了，均年打開麪的包裝，開始做麪。麪好了，他剪開小包麻油，讓那橙紅色的透明液體點滴落到麪條上。很香，太香了。雅文看着他細緻的動作，無故感動起來。麪做好了，放在一個大碗裏。他端過來，抓了一把椅子坐在她對面，用木筷子夾起幾條，吹幾下，輕輕放進她的口裏。她張開口吃，均年則一直用筷子夾着，另一隻手拿着碗，耐心地餵她。

「好吃嗎？」均年溫柔地問。雅文點頭，仍然很專注地吃着那一小撮麪。怎麼老是吃不完的呢？幾乎比一輩子還要長。香噴噴的麪條在她的嘴唇和他的筷子中間抖動，她不知道該為這久違的場面感到滑稽還是傷感。一抬頭，她發現均年板板的、毫無表情的臉上，原來已經佈滿了淚水。

後記

後記

很少寫作人會解釋自己的創作。他們不屑這樣做。不過人各有志，我倒希望讀者明白我的用心。

這本短篇小説集裏的故事，大都是這幾年來寫的。一般都比較短，三千字左右。祈年喜歡説故事，因為故事周圍都有，睜着眼睛就看得見。這本集子裏只有一個故事超過一萬字。

〈某夜〉説九旬老人坐在沙發上睡着時離開人世。老人自稱王孫，卻與兒子媳婦和孫兒住在香港的公屋裏。這一百年，是激烈轉變的世代，他的身世也是有可能的。他一走，三人就拆開了他的枕頭，希望找到老人收起來的錢財，卻只找出了負擔。他原來正在付費照顧另一個老人。兒孫的不孝固是主題，這個很容易看得出來。不過我更希望讀者注意到我指向的時代意象。第一個是杧果。三十歲的孫兒很沒有常識，竟把杧果放進冰箱，希望它趕快成熟，好把它吃掉。但這個將要移民英國的幼稚男人，自己就是個尚未成熟的熱帶水果，不湊「米氣」，也沒有打算留下來供養他的父母（父母起碼肯供養爺爺），這是現實故事。第二個意象是老人的枕頭。枕頭是安身立命的象徵，應該有承托力。可是，拆開來，老人的頭一直只靠幾條毛巾安放。我自己喜歡這個故事的結局。這裏出現的是第三個意象，一張翻倒了的家庭照。這就是我眼中的典型香港一家人。

足浴又叫做洗腳。但〈洗腳〉這一篇的名字卻不可以改為〈足浴〉。因為耶穌基督在上十字架前一夜蹲下來為門徒洗腳，「洗腳」一詞於是有了謙卑服侍他人的寓意。故事裏的男主角是個年輕學者，中文名字叫做家聲，洋名Kevin。Kevin有紳士、雅人的意思。兩個名字，都象徵着這個年輕人內心的驕矜。在一幢陰暗的唐樓裏，一個年輕貌美的女子為他洗腳。這環境像古代的中國，給人一種幽玄的虛幻的美感，有異於他的日常。在完全沒有樊籬的情景裏，他漸漸愛上了那個十九歲的女孩子，一切都很純潔、美好。但有一天，他發現她原來也是他現實世界裏的真實人物，而且是個飽讀洋書的大學生。這就讓他回到現實，衍生出他和她的將來——有情人終成眷屬的必然處境。他無法接受這一點，因為她為人洗腳。我自己很喜歡這個故事，因為即使他和她都是讀書人，且都活在最文明開放的環境裏，受西方教育長大的他始終沒能叫自己的傲慢與偏見讓路給愛。

〈茶樓上〉的一幕裏面那個叫做安微（安於微小）的五十幾歲女子到底是不是AI？她完美得難以置信，侍奉家翁，帶他上茶樓見老同事，甚至還招呼、照顧對方的傭人，讓兩個老教授得以自由地聊天。她和丈夫前妻的子女打成一片，把家庭管理得極好。天下哪有這樣的好女子？家翁的老同事馬上肯定她就是那種「格格級」的高端智能機械人。到底是不是呢？從照顧他的女傭的幾句話，我們看到兩種可能性。這位老人「也許」有點幻想，而安徽「或者」還是個真人。但我們更要問，為何特別好的人就會被懷疑是智能機械人？為何人眼中的機械人都比真人出色？這意味着甚麼呢？

過分渴求比人突出的人最後總會變得平庸，因為這種追求浪費了他有限的精力、掩蓋了他真正的優勢。我親自看見過這樣的悲劇。〈高度〉的靈感來自黃醫生的一張照片。這張照片裏面的男人在想甚麼，我其實不知道。我只是感到他太高、太高了，高得和欄杆不配合，稍微不慎就會掉進海裏，就如和社會不配合一樣。他天生的「出人頭地」，反而成了他的自顧偏差。這當然不是每一個「高」人的故事，但因為太有天賦而至終失敗的人，卻不少見。

「錯失」是常見的文學主題。「背負」一生而不自知也是。當二者結合在一起，我們就無法不得出一個悲涼的結局。一切開始得那麼順利，相戀的人很少會想到長久的分離。而長久的分離，或者只建基於幾次短暫的錯判。愛情是一個美麗的站頭，生命的列車大多數不會停駐在那裏。志強可以拉緊阿詩的手，但是，他選擇了她不拿球拍的那一隻手。順滑的手比粗糙的手更吸引他。其實，他是未能接受她成為香港隊和大學生的事實。他逃避的力度很強，她表達的方式則太含蓄，於是他們彼此錯過，而他的倉促決定使他定格在愛情稀淡的婚姻裏，這說明相愛並不能勝過人的弱點。時間是否存在或只是一種主觀體驗，人是否可以重新來過，平行宇宙是否真實，死亡是否提供回顧的機會，這一切，都使人生的悔恨變得立體精緻，也變得更可塑、更吸引。同樣地，這個小說是從黃醫生的照片發展出來的。

〈妹妹〉是民國時期的一個半真實故事。那個好心的男人，就是我的外公。外公當時真心愛上了一個歡場女子，但她得肺癆而去世了，臨終託孤於外公——她懇求他照顧她妹妹。於是，我多了一位外婆，我們叫她做細婆，我那些非常可敬可愛又幽默的小舅舅，都是細婆的兒子。不過，故事中的男主角並沒有把他娶回來的小女孩看為妻子，他只是養活她，使她不至於流浪街頭。可是，這樣的好心，卻反而使她一生孤單。她不能嫁給別人，也無法享受愛情，她天天看見幾個和她相襯的男子，他們卻是她的「兒子」。最後，她的床徒然寬敞，她的生命徒然流逝，她正處於花樣年華卻已成為祖母。床是我放進小說裏的意象，代表着有瓦遮頭、躲避風雨之處，也象徵着寂寞的一生。

〈你的名字〉看似一個科幻小說，其實不是。科幻只是一個粗糙的框架，我想探討的是人類不斷下滑的「關懷」，而「顏值」為何是「值」。這是不可否認的事實，人大都以貌取人，而且都知道這是不對的、誤導人的。但外貌吸引，總讓人在各方面捷足先登。可惜，他們都得不到超越外表的充分真愛，他們的人生難以落實，越想滿足，就越失落。晶晶能夠回到現實世界，是因為有人擔心她，有人擁抱她，有人知道她的名字，且能把名字和她結合在一起。人的名字，象徵着上帝和人賦予她的厚望。人是靠着自己的名字而非不斷改變的外貌來辨別身份的。

〈夜班司機〉只是個笑話。以為自己「撞鬼」的陳森經歷了一個低智但真實的過程，給不熟悉的歐美文化嚇壞了。然而正由於這次的驚嚇，他才明白到人生一切都不由自己控制——他連基本的分析能力都失去了：他把柴灣看成了哥連臣角，把女醫生的一舉一動看成了死神的動作。經此一役，他的錯判竟成了發現：人不一定有機會再一次飲茶或向家人表達感受。雖然是個誤會，難道這不是上天所賜的誤會嗎？

〈彌雅的電話號碼〉説的是一個年輕人如何解決父母婚姻破裂帶給家人的餘痛。彌雅保留着電話號碼，本希望背棄家庭的父親仍然找得到自己。五年後，父親果然藉着她提出要回家。但他的自私刺痛了彌雅。在現實的醜陋來襲時，彌雅用意志面對自己的錯誤期盼，痛苦也決斷地結束了幾年來破鏡重圓的不實際夢想，出手保護了母親和姐姐。

阿黃的最後一夜，幻想中是熱鬧的，現實上是孤獨的。但在歌裏，夢想和真相無法也不必分開。熱淚和冷笑，也最好看作同一東西。「不惜歌者苦，但傷知音稀。」凡是從事藝術工作的人，都有過這樣的經驗。知音是如此難求，何況阿黃的band友呢？他們各散東西，堅持以唱歌為生的人就只有阿黃了。這是人生的常態，他們一起回來，卻是殊態。阿黃，可以是阿陳、阿李、阿張，平凡中的平凡。最後，「一位穿着涼鞋的、好像中過風的胖太太」的誠摯打賞才是阿黃努力一生的回報，來自同樣寂寞和有病的人。我的親人中就有阿黃這樣的人，後來他成了巴士司機，在異邦把妻女養活。他似乎沒再參與音樂活動了。

為了強迫一個當牧師的老朋友從基督信仰中出走，聰明的教授安排了一個「神蹟」，希望他回到科學的世界裏。神蹟真的發生了，那個「局」就在一步之遙，一扇門內。但且慢，上帝讓老牧師看不到雲教授那個精心安排的「場面」，祂把它變回日常。我們總認為不合乎日常規律的東西才是神蹟，很少想到平常的生活，本身就是個最大的神蹟。假神蹟的佈局者最後啞口無言，真神蹟就是我們每天安好，得雨長養，在疲勞的日夜裏充實地活着。

〈妝容〉意味着真正素顏是不存在的。人人都有虛偽的一面。「女為悅己者容」的説法顯示了男性主導的世界裏女性的掙扎。父親沒有兒子，卻把女兒的名字起為「子孝」、「子奉」、「子愛」和「子援」，表達了他的祝福。他希望四個女兒都能從兒子身上找到幸福。結果，女兒只學會了一部分，那就是以贏取男人的愛做一生的目標，最後竟失去了自己的面貌。這是可悲的，不自覺的，連死亡也無法糾正和辨清的。聖經説，女性一生戀慕丈夫或她的男人，這本來是一種懲罰。從這個角度理解女性的不安，會得到更深入的認識。

精神科醫生的醫務所裏，誰是病人？我年紀小時，很少看見人患情緒病。那時老百姓大多數住在鄉間，家庭可以很複雜，但比較完整，終日活在陽光下，情緒病或更嚴重的精神病也較少發生。如今，要找一個全無精神障礙的人其實很難。城市裏，一般人都經歷長時間的壓抑，空間、時間和休息都少得可憐。故事中很多人都需要治療，只是我們看不出來而已。不過，他們之中誰是病人？誰是引起他人的病的傢伙？還是誰都有病，且互相迫害？我們都不知道。又因為患思覺失調和情緒病的人每每就在身邊，我們不知道該相信誰。〈醫務所〉內，人的身份已經模糊或對調，一切都難以掌握，就好像孩子外甥要照顧成年舅舅，醫生可能正是他女兒患病的原因。再回頭看，女兒真的病了嗎？如果她真的病了，那麼她果然是醫生的女兒，還是僅僅是個有病的女孩、一個渴求父親的年輕人活在幻想世界中？

〈練習〉要說的不是少年愛情故事，而是類似愛情故事的成長經歷，或一種成長的磨練。愛，在故事裏非常薄弱，因此，最後一幕的背景是實驗室。我常常告訴學生，失戀是人生必經階段，不要看為生死大事。我對同學說，失戀時要找朋友、曬太陽、做運動、吃東西和睡覺。平日要發展戀情以外的興趣。只有這樣，才拋得開失戀帶來的傷痛。圓滿的關係不多，幾乎有一半人經歷過被拋棄的感受。誰能再站起來？立志的人就能站起來，就好像從實驗室裏走進校園陽光中，繼續學習。

翠華和英傑，代表兩種年輕人。翠華，意指葱綠的中國，她對中國有期待；英傑，代表英國的精英，自覺在英國有民權。他們各有主見，也各有選擇。翠華嘗試告訴英傑她有很深的文化的根。她用細太婆對一件民族衣裙的依戀來表達。反之，英傑曾經在感情上出軌，他和一個美國交換生曖昧，然後要求翠華原諒他，跟他一起移民英國。翠華卻不敢再相信他。從她的角度看，認真的移民，應該積極進入彼方的文化，然後真誠地付出、深深愛那個新國度。僅僅搬到新的地方去「居住」那種移民，她不會做，因為那將會讓人飄忽流浪，心痛不止。真正的情根深種，是向內尋找的。

最長的一篇叫做〈吃不下的日子〉。我自己經歷過抑鬱症，那些日子，我一點東西都吃不下。雖然故事裏的雅文的經歷更慘，她不但進入抑鬱，還不知道該怎麼辦。我們以為過去一次錯誤不會影響未來，事實並非如此。她的丈夫抵受不住一次的引誘，以為事情已經過去，結果他幾乎毀掉了一個美好的家。人的錯誤是會被不斷利用的，即使人悔改了，惡果仍在，並且引起一波又一波的邪惡。舌頭的味道，在故事裏，也是心頭的味道。在別人受苦的時候，送出一點甜是應該的，但也不能過分。否則，這點甜若給濫用，也會變為苦果。

身為活在二十一世紀的女性，我提筆寫作時，視角偏向後現代，心思偏向女性主義原來是避免不了的。寫完這一本小說集，我也比較清楚了解自己。希望你讀完，也有同感。

二零二三年四月於荔枝角美孚新邨

責任編輯：羅國洪
封面設計：洪清淇
封面攝影：黃啟江

歲月號

作　　者：胡燕青

圖片攝影：黃啟江

出　　版：匯智出版有限公司
香港九龍尖沙咀赫德道2A首邦行8樓803室
電話：2390 0605　　傳真：2142 3161
網址：http://www.ip.com.hk

發　　行：聯合新零售（香港）有限公司
香港新界荃灣德士古道 220-248 號荃灣工業中心 16 樓
電話：2150 2100　　傳真：2713 4675

印　　刷：陽光印刷製本廠

版　　次：2023 年 7 月初版
2024 年 3 月第二版
2025 年 8 月第三版

國際書號：978-988-76911-9-8